JN057588

特攻回天「遺書」の謎を追う

大森貴弘

展転社

十八歳の回天特攻隊員の遺書

お母さん、私はあと三時間で
祖国のために散っていきます。
胸は日本晴れ。
本当ですよお母さん。少しも怖くない。

しかしね、時間があったので考えてみましたら、
少し寂しくなってきました。
それは、今日私が戦死した通知が届く。
お父さんは男だから
わかっていただけると思います。
が、お母さん。お母さんは女だから、優しいから、
涙が出るのではありませんか。
弟や妹たちも
兄ちゃんが死んだといって寂しく思うでしょうね。

お母さん。
こんなことを考えてみましたら、
私も人の子。やはり寂しい。
しかしお母さん。
考えて見てください。
今日私が特攻隊で行かなければ
どうなると思いますか。
戦争はこの日本本土まで迫って、
この世の中で一番好きだった母さんが
死なれるから私が行くのですよ。

母さん。今日私が特攻隊で行かなければ、
年をとられたお父さんまで、
銃をとるようになりますよ。
だからね。お母さん。
今日私が戦死したからといって
どうか涙だけは耐えてくださいね。

十八歳の回天特攻隊員の遺書　1

第一章　「偽の遺書」

創作された遺書？　12
人間魚雷「回天」　13
回天記念館　16
回天顕彰会メンバーへの取材　19
創作遺書を用いた回天グッズ　24

第二章　「元ネタ」を探る

緊急事態宣言中の裏付け取材　28
Oへのインタビュー動画　30
自身の経験を語る映像資料　34
Oの講演をまとめた著書　37
遺書の執筆者　41
実在した「太一」という搭乗員　46

特攻回天「遺書」の謎を追う◎目次

でもやっぱりだめだろうな。
お母さんは優しい人だったから。
お母さん、
私はどんな敵だって怖くはありません。
私が一番怖いのは、母さんの涙です。

十八歳の回天特攻隊員の遺書

第三章　「嘘」を暴く

矛盾があるOの経歴　50
学徒出陣　54
兵科第四期予備学生の出身か？　57
Oと回天の接点を探る　62
回天の初陣　69
今西太一大尉の遺書　73
再びOの経歴を追う　77
伏木港湾警備隊の行動　80

第四章　再び、大津島へ

現地への取材　86
山本さんの熱い思い　90
「勇士の略歴」を記した新聞　96
「例の遺書」　101
遺書の創作が確定　108

第五章　「罪」を負うのは誰なのか
メディア関係者への取材　116
「凛としている」という印象　118
遺書の創作に手を染めた一端　129
「遺書の創作」の責任　136

第六章　記事化と反響
産経新聞朝刊一面で記事化　142
資料の鑑定が必要　149
責任の所在は？　155
創作遺書に関する情報提供　157

第七章　「仲間」たちの思い
安岡記念館を見学　162
Oの講演内容に違和感　166
回天搭乗員による検証　169
全国回天会による調査と対応　176

第八章　元搭乗員の思い

回天の搭乗員を祀る大津島回天神社　186
頭に浮かんだ「死」　194
事故の経過や原因を書き記す　198
「志あるものは海兵に来たれ！」　203
松尾少尉との別れ　208
忘れない追悼の思い　211

装幀　古村奈々 + Zapping Studio

第一章 「偽の遺書」

創作された遺書？

「十八歳の回天特攻隊員の遺書」というタイトルの「偽の遺書」が、インターネットを中心に史実であるかのように出回っている――。

山口県下関市在住の人間魚雷「回天」研究者・山本英輔さんから、こんな内容のメールをもらったのは令和二年春のことだった。

「十八歳の回天特攻隊員の遺書」とは、先の大戦中、回天の搭乗員である特攻隊員が出撃前にしたためたとされ、母親に宛てて、自分が死んでも悲しまないでほしいと訴える内容である。非常に感動的なのだが、山本さんによれば、実際には戦後に創作されたのだという。

「遺書が偽物とは、一体どういうことなのだろう？」

興味がわいた。

私は一年ほど前から、回天の元搭乗員らへの取材を進めていた。令和二年八月十五日は、七十五回目の終戦記念日となる。この節目に合わせ、私は勤務先である産経新聞で、回天について何らかの企画記事を書くつもりだった。

山本さんのメールにあった「十八歳の回天特攻隊員の遺書」に関しては、確かに、どこかで読んだ覚えがあった。いつ、何で読んだのか、はっきりとは思い出せない。だが、遺書の内容は断片的ではあるものの、記憶に残っていた。

そして、私自身、少しだけ胸が熱くなったことも……。

正確には、「読んだ」というより「見た」という方が近いのかもしれない。インターネットで回天について検索している時、何気なしに目にしていたのだろう。

だからこそ、である。

この遺書は、積極的に調べることなく、単に回天について「ネットサーフィン」をしている「受け身」の状態でありながら、目に飛び込んできてしまうのだ。それほど、広まっている。

これが創作されたものだとすれば、大変な問題になるだろう。七十五回目の終戦記念日である八月十五日に合わせて、もしくはその前後にでも産経新聞で記事にできれば、より世間の耳目を集めるに違いない。

できるだけ早く山本さんに直接会い、詳しい話を聞きたいと思った。

人間魚雷「回天」

そもそも、「回天」とは一体何なのか。

先の大戦末期、戦局が悪化する中で、日本海軍は特攻（特別攻撃）に踏み切った。若者が自らの命と引き換えに、敵に体当たりする自爆攻撃である。

特攻の生みの親の一人、大西瀧治郎中将はこれを、「統率の外道」と評した。それでも、日本海軍はありとあらゆる特攻兵器を開発した。

零式艦上戦闘機（ゼロ戦）など、航空機を使った特攻はよく知られているが、それだけではない。ベニヤ板で作ったモーターボートに爆薬を搭載した「震洋」。潜水服を着て海底に潜み、先端に爆薬を取り付けた棒で敵艦を下からつつく人間機雷「伏龍」……。さまざまな特攻兵器が生み出された。

戦争指導の失敗の代償を、若者の命で支払ったともいえる。まさに、狂気というほかない。そんな特攻兵器の一つに、「人間魚雷」があった。

戦前、日本海軍は世界に誇る酸素魚雷を開発していた。燃料の酸化剤に酸素を使用したため、水面に航跡が表れないという特性があった。諸外国の魚雷は違う。圧縮空気を使ったため、魚雷が水中を走ると海面に排気ガスの泡が白く浮かび、航跡となった。航跡のない酸素魚雷は発見が難しく、より敵艦を沈めやすかったのである。酸素魚雷は日本海軍の秘密兵器であると同時に、対米戦争の帰趨を決める「決戦兵器」と認識されていた。

だが、先の大戦も末期になると、魚雷を使った攻撃はほぼ不可能になった。

日本の航空機や潜水艦、水上艦艇は、米軍の攻撃によって次々と撃ち落とされ、沈められた。その多くは日本側が気づく間もなく、ほぼ一方的に、であった。日本海軍はそもそも、魚雷を発射できる距離に近づくことすら、許されなくなっていたのだ。

使い道を失った結果、海軍の倉庫には決戦兵器であるはずの酸素魚雷が、ごろごろと並ん

回天記念館前に展示される回天

でいたという。そこで、無用の長物となった酸素魚雷を生かす方法が考案された。

　魚雷の中央部に一人用の操縦装置を増設し、魚雷ごと敵艦に突っ込む特攻兵器への改造である。「目」のある魚雷――。それが、回天だった。

　回天は操縦装置がある分、通常の魚雷よりも大きい。そのため、潜水艦の艦内に入りきらず、甲板に乗せられて出撃した。その姿はまるで、親亀にしがみつく子亀のようだったという。

　搭乗員は、「必死」の攻撃開始まで、親亀である潜水艦の中で過ごした。そして、敵艦を見つけると、特別に設置されたハッチを通って回天に乗り込み、突撃していった。命を散らした搭乗員は、百六人に上る。

「天を回(めぐ)らし戦局を挽回させる」

　回天という名前には、こんな淡い願いが込められていたという。なんとも切ない響きである。

回天記念館

こうして誕生した回天の訓練基地は、瀬戸内海に浮かぶ大津島（現在の山口県周南市）に置かれた。一番近いところだと、本州から五キロと離れていない。南北約十キロの小さな島だ。平成二十八年十一月、私は初めてこの島を訪れた。

山陽新幹線の徳山駅南口を降りて、殺風景なコンビナート群を眺めながら、歩くこと約五分。大津島行きのフェリーが出る徳山港に着く。

徳山駅の周辺などで買い出しを終えた島民や、釣り目当てと思しき観光客らとともに、フェリーに乗る。空調のきいた快適な船内で約四十分揺られての到着だ。

大津島には、フェリーの発着する港がいくつかある。中でも、最も利用者の多いメーンの港が馬島港である。メーンとはいっても、小さな栈橋が一つだけの、小ぢんまりとした港だ。栈橋の付け根部分には、十人も入ればいっぱいになってしまうような簡易な造りの待合所がある。そのすぐ横に、「ようこそ　回天の島　大津島へ」と書かれた大きな看板がそびえている。

高さは十メートル近くあるだろうか。見上げるほどの看板で、島に上陸すると、否応なく目にせざるを得ない。歓迎というより、威圧しているような気がしないでもない。

馬島港は島の東側にあり、そのちょうど反対の西側に、戦時中、回天の発射試験場があった。回天を海岸まで運んだトンネルやレールの跡が、当時のまま残されている。

トンネルは、爆弾に耐えるよう頑丈に造られていたのだろう。アーチ状のコンクリートは、分厚く重ねられている。

トンネルをくぐって海岸まで行くと、海に突き出るように建てられたコンクリート造りの建物が目に飛び込んでくる。

太い基礎が何本も海中に打ち込まれ、その上の構造物は一見、軍艦のようだ。かなり重厚な造りである。訓練を終えた回天を、海から引き揚げる揚収装置（クレーン）が設置されていたという。

回天を海まで運んだトンネル

海岸を後にし、島の奥まで進んでいく。瀬戸内海を一望できる島の高台には、周南市が運営する公営の「周南市回天記念館」が建てられている。戦時中は、回天搭乗員らの兵舎があった場所である。

馬島港からは、ところどころ土でぬかるんだつづら折りの舗装路を歩いて、約十分かかる。歩くというより、山登りに近い。

高台まで最後の階段を登りきると、石畳が迎えてくれる。回天記念館の正面入り口に向かって、白い石畳の通路がまっすぐに伸びているのだ。両側には、ずらりと黒い石碑が並ぶ。その一枚一枚に、戦死した搭乗員の名前が刻まれている。

生半可な気持ちで来てはいけない――。自然と背筋が伸びるような、なんとも言えない厳かな空気が広がる。

館内には、戦死した回天搭乗員の遺品や遺書、手紙などが、ガラスケースの中に所せましと展示されている。壁に目をやると、搭乗員たちの写真だ。まだまだあどけない表情も多い。搭乗員は、十代後半から二十代前半の若者が中心だった。

遺書には、両親や兄弟へ別れを告げる言葉が、ある意味、淡々とつづられていた。まるで、ちょっと遠くの旅行に出かけるような、軽やかなタッチの文章さえある。

今の感覚で戦時中を捉えたとき、私たちは堅苦しい内容を想像しがちである。だが、「天皇陛下万歳」とか、「国を憂える思い」とか、そういった内容は意外なほど少ない。

搭乗員はみな、誰かの子供であり、誰かの兄や夫であった。親になったばかりの人もいた。にもかかわらず、当たり前のように死を受け入れていると感じられた。少なくとも私は、遺書を読みそう受け取った。

だがそれは、死を目の前にして極限まで悩み、葛藤の末にたどり着いた境地だったのかもしれない。彼らは、「必死」の兵器にどんな思いで乗っていたのだろうか。何を考え、訓練を重ねたのだろうか。

ここを訪ねて以降、こんな疑問がずっと胸の中に渦巻いていた。「わだかまり」と言い換えてもいいかもしれない。自分の中での、この「わだかまり」を解消する意味もあったに違いない。

戦後七十五年の節目に、回天の実像を調べ、伝えたいと思い立った。当時を知る人は、大半が九十歳を超えている。あと数年もすれば、話が聞けなくなってしまうという焦りに似た気持ちもあった。

戦後七十五年を一年後に控えた、令和元年の晩夏だったと思う。回天の取材を開始した。実際に戦時中、回天に乗って訓練に明け暮れた元搭乗員。戦後、戦死した多くの搭乗員の慰霊を続ける人たち。

回天に関わる人々のもとを訪ねては、話を聞いて回った。

回天顕彰会メンバーへの取材

山本さんと知り合ったのも、こうした取材がきっかけだった。取材の際、たびたびお世話になった「回天顕彰会」という組織のおかげである。

回天顕彰会には、回天の元搭乗員や海軍関係者に加え、回天に興味や関心を抱く若い世代まで、幅広い年代が会員として参加している。回天のことを将来の世代や子供たちに伝えようと、大津島の回天記念館で慰霊祭や追悼式典を主催するなど、さまざまな活動を展開してきた。

山本さんは、この回天顕彰会のメンバーだった。中でも、とりわけ活動熱心な会員の一人であるかもしれない。

そんな山本さんを私に紹介してくれたのが、同じ回天顕彰会の会員である中山義文さん＝山口県周南市在住＝である。中山さんは海軍士官を養成する海軍兵学校（海兵）の出身で、七十五期だ。

七十五期は、昭和十八年十二月に入校し、終戦後の昭和二十年十月に卒業した。海軍兵学校在学中に終戦を迎えたため、実戦には参加していない。だが、正式に卒業証書を授与されているため、最後の海兵卒業生といわれる。

中山さんは大正十五年五月生まれなので、令和三年には満九十五歳となる。

さすがに腰はだいぶ曲がっているものの、一人ですたすたと歩くし、年齢の割にきびきびとした動作に驚かされる。眼光の鋭さも相まって、まさに「海兵出身」という言葉がふさわしい人物だ。

中山さんの父親は元海軍機関少将で、戦後、回天搭乗員の慰霊に尽力した。

大津島には、戦死した搭乗員の慰霊碑がある。中山さんの父親らが中心になって建立したものだ。父親の死後、その意志を受け継ぐように、中山さん自身もまた、同じ道を歩んだ。回天記念館の増築が計画されたと聞けば、寄付金集めに奔走した。集めて終わりではなく、志を寄せてくれた全国の一人一人に、礼状も出した。大津島では年に何度も、石碑の周りを掃除するなど、回天に関わることに力を尽くしてきた。回天顕彰会の監事も務めている。

戦後、回天搭乗員をどのように慰霊してきたのかについて、中山さんには何度か取材を重ねていた。

「回天顕彰会のメンバーに、非常に熱心に活動してくれている三十代の若い子がいるのです。同じ三十代同士、話が合うのではありませんか?」

何度目かの取材を終えてしばらくたった後、中山さんはわざわざ私に電話をかけ、山本さんの話を切り出した。

回天顕彰会は、理念としては若い世代でも参加できる。とはいうものの、やはり三十代の会員は珍しいようだった。九十歳を過ぎた中山さんの目からは、三十代は十分、若者にみえるらしい。

回天に興味を持つ三十代という「若手」同士、交流を深めてみては――との計らいを思い立ったそうで、山本さんの連絡先を私に教えてくれたのだった。

令和二年、七十五回目の八月十五日を、数カ月後に控えた春だった。

「中山さんからご紹介を頂きまして……」

まだ会ったこともない人に、いきなり電話をするのは誰であっても緊張するものだ。中山さんから聞いた携帯電話の番号にかけてみると、確かに、若い男性の声で返事があった。山本さんにも、私の存在と携帯電話の番号は、中山さんを通じて伝わっていたらしい。お互い探り探りではあるが、スムーズにあいさつを交わした。

私からは、中山さんに紹介されたいきさつや、戦後七十五年に向けて、元搭乗員らに回天の取材を続けている話などをした。

山本さんからは、回天の研究に専念するため会社を辞め、それまで住んでいた横浜市から山口県下関市に移住したことなどを伺った。下関には、両親の実家があるのだという。回天の研究は、戦時中に基地がおかれていた大津島をフィールドにするケースが多い。下関からでも、大津島まで車と船を乗り継いで二～三時間はかかるが、横浜から丸一日かけて通うことを考えれば、確かに下関は近い。

いきなりの電話にも関わらず、数十分にわたって会話が盛り上がった。そして、「これからも、ひとつよろしくお願いします」と電話を切った後に、山本さんから送られてきたのが冒頭のメールだった。

「電話だと、事実関係が十分に説明できない話をお伝えしたいので」といわれ、確かにメールアドレスは聞かれた。だが、こんな重大な中身を知らされるとは思いもしなかった。

山本さんからのメールには、にわかに信じられない内容がつづられていた。

インターネット上に流布する「十八歳の回天特攻隊員の遺書」は、戦後に創作されたものであること。山口県周南市の観光コンベンション協会（観光協会）が、この創作遺書を手ぬぐいや缶詰などの「回天グッズ」に印刷し、販売までしていること――。

メールを読んだ後、試しにインターネット検索をかけてみると、次々に出てきた。地方議員や会社経営者、医師ら、それなりに社会的地位のある全国各地の個人が、ブログやツイッター、フェイスブックなどに転載し、拡散しているようだ。

だが、「ネット上での創作遺書の流布」と聞いて、私が最初に抱いたイメージとは少し様相が異なっていた。

この遺書を話題にしたブログやツイッターなどの書き込みを見てみると、母親を思う特攻隊員の心情に理解を示し、先の大戦で命を落とした若者たちを悼む声が圧倒的に多い。

戦争に関心の低い人が、面白半分に拡散しているわけではなかったのだ。

むしろ、回天はじめ特攻隊員への理解が深い、もしくは理解したり学んだりしたいと思っている人ほど、遺書の内容に感動し、善意から広く周知しているように見受けられた。

ここに、創作遺書の罪深さの一端が垣間見えたような気がした。いや、最も罪深い点といえるかもしれない。

創作遺書を用いた回天グッズ

周南観光コンベンション協会のホームページにも、立ち寄ってみた。

確かに、ホームページ内にある特産品の販売サイトで、遺書を印刷した手ぬぐいを通信販売していた。そこでは、回天の搭乗員たちが出撃前に食べたという、すき焼きを再現した缶詰も売られていた。商品の写真を見る限り、パッケージにも遺書の一部を使用しているようだった。

創作遺書を使用することの是非はともかく、そもそもなぜ、こうした回天グッズが存在するのか。

回天の訓練基地が置かれていた大津島は、現在は山口県周南市に区分されている。周南市は、地域の振興策として関連の深い回天に目を付けた。

平成二十六年から、「平和の島プロジェクト」という観光キャンペーンに乗り出し、「回天の町」をうたい文句に、全国にアピールしていた。周南観光コンベンション協会は、この事業の一環として複数の回天グッズを製作していたのだ。

回天を、いわば町おこしの材料として利用すること自体に、批判の声も少なくはない。ただ、今の地方自治体の置かれた厳しい状況を考えると、手段を選んでいる余裕がないのもまた、事実である。むしろ、どんな形であっても回天を広く知ってもらえるのなら、それに越したことはないようにも思えた。

だからといって、事実を歪めるのは絶対に許されない。

創作遺書を用いたのは、回天グッズの一部である。とはいえ、厳しい言い方をすれば、公的な機関が誤った認識の定着に手を貸しているととられかねない。

先ほども紹介したが、大津島の回天記念館には、死を目前にした回天搭乗員たちの本物の遺書が展示されている。

当然、山本さんからもらったメールだけで、「十八歳の回天特攻隊員の遺書」が創作だと断言はできない。この段階で、確たる証拠があるわけではなかったからだ。

だが、仮に創作が事実だとすれば、「本物」の遺書を残して命を落とした搭乗員たちに対する、冒瀆以外の何物でもないと思った。

山本さんは、メールの最後をこう結んでいた。

「政治的な主張を持つ人々によって、回天はこれまでも卑下されたり美化されたりして、翻弄されてきました。政治的主張の道具としてではなく、僕は、みんなに史実を知ってほしい。創作遺書という嘘を信じてしまう人を、一人でも減らしたいと強く願っています」

まったく同感だった。

いずれにせよ、事実確認は欠かせない。遺書を創作だと言い切れる根拠は、一体どこにあるのか。誰が、何のために創作をしたのか。少し考えるだけでも、疑問点は次々にわいてくる。

電話で短時間、言葉を交わしただけの山本さんに、会うところから始めなければならなかった。

第二章　「元ネタ」を探る

緊急事態宣言中の裏付け取材

まずは、山本さんに取材のお願いが必要だ。通常であれば、電話で取材を依頼し、相手が了承すれば、出向けばいいだけの話なのだが、この時はそう簡単にいかない事情があった。新型コロナウイルス感染症の流行である。

山本さんと初めて電話で話し、メールをもらったのは四月下旬のことだ。この時期、全国で新型コロナウイルスの感染者が増加し、政府は感染拡大を防ぐため、緊急事態宣言の発令に追い込まれていた。外出の自粛に加え、都道府県をまたぐ不要不急の移動は控えるよう、呼びかけもなされた。

特に、東京都内ではほかの道府県に比べて感染者が多く発生しており、安易な移動は地方に感染を広げかねない。新型コロナウイルスの感染状況が落ち着くまで、山本さんが住む山口県下関市への出張は見合わせるほかなかった。

だが、東京にいてもできることはあった。

山本さんのメールにあった内容を、客観的な資料で証明する。いわゆる、裏付け取材である。

メールには、遺書を創作したとみられる人の実名も記されていた。元海軍士官の男性だという。もっとも、海軍兵学校を出て士官になったわけではないようだ。

立命館大学在学中、徴兵されて海軍に入り、訓練を経て少尉になった。いわゆる「予備士官」である。

この男性について、ここではあえて、実名は出さずに名前を伏せておきたい。すでに亡くなっているし、本人や家族にとっても、決して名誉な話ではないからだ。

もちろん、遺書の創作は大変罪深い行為である。実名を明らかにし、自身の行動の責任を取らせるべきだとの考え方があるのも、理解はできる。ただ、私にはどうしても、死者を鞭打つようなまねはできないのだ。

この男性は、「O」としておく。

山本さんによれば、創作遺書の「元ネタ」を探ると、Oが講演した内容に行き着くという。メールには、Oが語る動画がインターネットの動画サイト「ユーチューブ」にアップされていると書かれていた。

インターネットでOの名前を動画検索すると、すぐにヒットした。

Oは、日本会議が制作したDVDに出演していたらしい。ユーチューブにアップされているのは、その一部だった。

動画のアップ主であるチャンネル名は、「日本会議事業センター」となっている。日本会議の中で、こうした動画の販売や管理を担う部署なのだろう。

早速、視聴してみた。タイトルは「回天特攻隊　O（実際は実名）氏インタビュー　DVD天翔る青春より」である。

時期は定かでないが、ＤＶＤの撮影を行った時点で、Ｏはすでに七十歳を超えていたに違いない。顔のしわは深く、あちこちにシミも浮き出ている。

ただ、語り口は明瞭で、全くよどみがない。何度も話したことがあるように、こなれた様子さえうかがえた。

ユーチューブにアップされている部分だけでも、動画はおよそ六分弱ある。決して短くはない。にもかかわらず、メモなどに目を落とすこともなく、まっすぐ前を見据え、感情をこめて語っていた。

Ｏへのインタビュー動画

動画の概要は次のとおりである。Ｏの語り口調を抜き出し、分かりやすく再構成してみた。

「昭和二十年、これ申し訳ないんだけど四月だったか三月だったか。私、ハワイの西方、百カイリくらいですかね。百八十キロメートルくらいですか。ハワイから出るアメリカの船団を撃沈するために、大型潜水艦に乗って北に行っておった。私、偶然、配置は無かったんですけどね（注：特定の持ち場はなく、単なる「便乗」だったという）、乗っておったんです」

「ある日、『ハワイから船団が西に向かった。殲滅(せんめつ)しろ』という命令がきましてね。スピードを上げて北上して、三日目に見つけました。向こうは明かりをつけて、ジャンジャン音楽をならして航行しておった」

「潜水艦には四基の回天が積んであって、しかし今やったら逃すから明日の朝やろうといわずんで、朝まで並行して走りましてね。それで様子調べたときに、艦長が潜望鏡を上げて思わず『しまった』とおっしゃって。『クルーザーがいるぞ』と。巡洋艦でね、約一万四千トン。『あれをやらんとこっちが危ない。よし回天作戦！』と、こうなったわけです」

「それで一号艇が出ることになって。搭乗員がもう出る格好をして艦内を歩いているのを見て、手を挙げたんですよ。そしたら飛んできてね」

「『いくのか？』『うん』『夕べから分かっておったんだろう。なぜ言わないんだ？』と言ったら『お前らが騒ぐから』。『騒ぐ？ 騒ぐか？ 親友なのになんだ！ 右手はなんだ？』。左手に日本刀を持っておった、右手に何か握っておる。それが、ちょっと見えなかった」

「『遺書か？』と言ったら、頭を下げた。『出せ』『見るな！』『見ん！』。『俺のおふくろが京都駅裏におるから、まぁどうせダメだろうが、もし、お前が無事に帰ることがあったら、母に渡してくれんか？ しかし、たいしたことは書いていないから、行かんでもいいんだ』『そんな事言うんじゃない。海軍士官は引き受けたら命を懸けるんだ、約束は』って言ったら、『サンキュー』と」

「それからだいぶ時間がありましたけどね。出ていくときに、艦長が『思い残すことはないか?』なんていろんなこと言っておりました。電話でね（注：出撃前の回天の搭乗員席には、潜水艦と交信できる電話があった。敵艦に突っ込むため回天が潜水艦から切り離されると同時に、電話線も切れた）。『ありません』いうてね」

「出発の時はみんな時計見とるんでね、六ははっきり覚えているんだけど、十六分だったか二十六分だったか。とにかく、二千六百トンの潜水艦がぐらつくくらいの衝撃が来ました。ズーンという」

「私はね、『やったなー』と。艦長がすぐ『黙祷！』。いつもは黙祷ちょっとしたら『黙祷やめー反転全速前進』と言って、逃げるんですよ。その時、艦長は何も言わず『おかしいな』と思っておったら、ずーっと声が伝わってくる、伝声管。どうも艦長が泣いているような気がする。雰囲気がね」

「私も思わず『ハッ』と思ったんですよね。まぁ涙出さずに頑張っておったけれど、この遺書は見るなという約束だったんです、私には。でも、もう彼は死んだし、見たれと思うて、本当、正直言いますが見たんですよ。そうしたらその中に彼の心境が書いていましたね」

「『お母さん、私はあと三時間で、祖国のために散っていきます。胸は日本晴れ。本当ですよ、お母さん、少しも怖くない。しかしね、今、時間があったので考えとったら、母さん。少し寂しくなってきました』」

「『それは、今日私が戦死する、通知が届く。お父さんは男だから分かっていただけると思います。が、お母さん。お母さんは女だから、優しいから涙が出るんでありませんか。弟や妹たちも兄ちゃんが死んだと言って寂しく思うでしょうね』」

「『そんなこと考えとったら、母さん、私も人の子。やはり寂しい。しかしお母さん、考えてごらん。今日私が特攻隊で行かなかったらどうなると思う？　戦争は日本本土まで迫って、この世の中で一番好きだった母さんが死なれるから私が代わって行くのですよ。だからね母さん、今日私が特攻隊で行かなければ、年をとられたお父さんまで銃をとるようになりますよ。だからね、母さん』。全部母さんに向けとるんですね」

「『今日私が特攻隊で行かなかったら、これから先のある弟、妹まで戦争の犠牲になるんですよ。だから今日、私は代わって行くんでしょう。母さん分かりますか。分かったら私が戦死したからといってどうか涙だけは耐えてくださいね』」

「『でもやっぱりだめかな。お母さんは優しい方であったから。でもお母さん、私はどんな敵だって怖くはありませんが、やはり母さんの涙が一番怖いんです』」

「この遺書はお母さんに渡しましたからね。その家に次に行ったらもう新幹線ができてね、その家がなくなって、それから分からないんですよ。まぁ年齢から言ったらお亡くなりだろうと思う」

「まぁそういった言葉がね、全特攻隊員のね、気持ちなんじゃないかと思うね。母さん、母さんと言うのね、みんなね。お父さんは男だから分かってもらえるんじゃなかろうか。泣かれるのが一番つらいというのは、まぁ私もそうであったから、だいたい、そういう心境の年齢の青年が多かったんだと思いますね、はい」

Oは、回天の搭乗員から遺書を預かり、京都駅裏に住んでいたという彼の母親に渡したと説明している。肝となるのは、その遺書の中身である。

細かな言い回しや、方言の使い方による語尾の違いなど、微妙な差異はある。だが確かに、インターネット上に広まっている遺書と、大まかな内容は一致している。この動画でOが紹介している遺書が、「十八歳の回天特攻隊員の遺書」の元ネタであることは、間違いなさそうだ。

では、この動画はいつ、どんな経緯で撮影されたものなのだろうか。

日本会議の事務局に問い合わせてみた。当時を知るという事務局の担当者は、丁寧に取材に応じてくれた。

自身の経験を語る映像資料

動画は今から二十年以上前、平成九年に制作されたものだった。きっかけは、平成七年の「戦後五十年」にさかのぼる。

戦後五十年、半世紀の節目となったこの年、日本では村山富市首相が、自民党・社会党・新党さきがけの三党連立による政権を率いていた。村山首相は戦後五十年談話として、日本の侵略による加害責任をことさら強調したメッセージを発出した。いわゆる、「村山談話」である。

中国や韓国といった外国勢力に加え、国内では朝日新聞や毎日新聞などが拍手喝采した。一方で、あまりに自虐的な内容に批判的な声も少なくなかった。

とりわけ、先の大戦に従軍した世代では、忸怩たる思いを抱いた人が多かった。当然だろう。自分たちが「我が国の安寧のため」とか、「アジアの植民地支配からの解放」などと信じてやってきたことを、すべて否定されてしまったわけである。

加害責任だけに目を向けるのではなく、先の大戦の功罪を正しく、事実に即して見つめることが必要ではないか――。

政界や財界のこうした声を受け、ともに保守系の民間団体である「日本を守る会」と「日本を守る国民会議」が統合し、平成九年に「日本会議」が発足した。

その記念として、「天翔ける青春　日本を愛した勇士たち」という映像資料を制作したのだという。

制作当時はまだ、ビデオテープだった。平成十七年に、「終戦六十年特別企画」として、ビデオテープの映像をＤＶＤに焼き直し、一般販売を始めた。

Oは、平成九年に制作されたこの映像資料に出演し、インタビューに答える形で回天について自身の体験を語ったという。それが、ユーチューブにアップされていた動画である。日本会議がもともとの映像資料を制作した平成九年の時点で、すでにOは動画で話していたのとまったく同じ内容を、あちこちで講演していたらしい。

小学校や中学校の教員たちの団体が、Oの講演を聞いて感銘を受け、日本会議のメンバーに紹介した。それがきっかけとなり、映像資料への出演が決まったのだそうだ。

とはいえ、単に紹介されただけでは、日本会議としても躊躇(ちゅうちょ)はあったはずだ。歴史の機微に触れる問題で、誤解を恐れずに言えば、どこの誰ともわからない人物を登用するリスクは、とりわけ計り知れないからである。

だが、なんとOは、広島県江田島市にある教育参考館の初代館長を務めていたというのだ。教育参考館といえば、海上自衛隊の幹部候補生たちを養成する第一術科学校の構内にあり、日本海軍関係の資料を集積、展示している第一級の資料館である。防衛省（当時は防衛庁）のお墨付きがあるに等しく、日本会議サイドが信用に足る人物だと判断したのも、無理はないといえる。

実際、映像資料には「江田島教育参考館初代館長」の肩書で登場している。本人が名乗ったわけではないものの、画面の下にテロップが表示されていた。

小中学校の教員たちが講演を聞いたというのも、この教育参考館で研修を実施した時だったという。

おそらく、教員たちも自信をもって日本会議に推薦したに違いない。

Oの講演をまとめた著書

Oがこうした話を、全国各地で繰り返していたことを裏付ける資料も見つかった。Oの著書である。

インターネットに頼りすぎるのは良くないが、取材のきっかけや資料集めには、これほど便利なものはない。Oの名前を打ち込んで検索をかけ、丹念に見ていくと著書の存在が分かった。

三重県伊勢市の皇学館大学で行った講演を、「講演録」として本にまとめていたようだ。ぜひとも手に入れておきたいと思い、皇学館大学のホームページにアクセスしてみた。ホームページ内にあった皇学館大学出版部のページで、その本はすぐに見つかった。名前や送り先の住所などを入力し、代金を振り込めば郵送で簡単に購入できるらしい。

早速、申し込んだ。

指定された銀行に代金を振り込んでから、一週間もたたず自宅に届いた。封筒には、私の名前がきれいな毛筆字で書かれている。発注を受けるたびに、こうして丁寧にあて名を書いているのだろう。

著書のタイトルは『皇学館大学講演叢書第八十輯　神宮皇學館大學戦歿学徒慰霊祭記念講演　戦歿学徒の心』である。

本というよりも、冊子に近い。全部で五十ページ余りしかない薄い本（冊子）ではあるが、確かに著者名として、Oの名前が記されていた。

『戦歿学徒の心』の前書きによると、皇学館大学は平成七年七月、戦後五十年を記念して戦歿学徒の慰霊祭を挙行した。皇学館大学の前身である神宮皇学館大学からは、多くの学生が「学徒出陣」し、そのうち二十二人が戦場で命を落とした。戦死した学徒たちの御霊を慰めるための慰霊祭であった。

Oの講演はその直後、慰霊祭の「第二部」のような形で開催したらしい。

前書きの中で、皇学館大学学生部長（当時）の伴五十嗣郎氏は、Oの講演をこう評している。

「『戦歿学徒の心』と題した御話では、国難を救わんとして立った出陣学徒が、いかに純粋な誠心をもって、勇敢に戦い散華されたか。しかもその一方で、この方々が家族や友人・同胞にたいして、いかに篤実で優しい愛情を注がれたかを、諄々と説かれた」

「朴訥とした語口で、敵艦に突入直前の回天隊員から、潜水艦内で遺書を託されたことなど、実体験を踏まえたO氏の数々の御話は、誠に感銘深く、水を打ったように聞き入る学生の中には、思わず涙する者も少なくなかった」

「時あたかも終戦五十周年、先の大戦に於ける我国の立場を侵略と位置付け、国会での謝罪決議採択の必要を喧しく論議する声盛んな中で、大学挙げて厳粛な祭典を斎行して、戦没学徒に慰霊の真心を捧げ、O氏の講演を敬聴して、一同感涙を催したことは、意義極めて大なるものがあった」


学生や教職員問わず、感銘を与える講演だったようだ。

『戦歿学徒の心』には、硫黄島やフィリピンなど、先の大戦のさまざまな激戦地でのエピソードが登場する。すでに書籍になっている内容も散見された。その辺りはあっさりと触れる程度であり、分量もそれほど多くない。

手厚いのはやはり、「回天」の話題である。Oが自らの実体験として語っており、細部まで生々しい。講演の、いわばハイライトだったのだろう。

先に、ユーチューブにアップされているOの動画の中身を紹介した。この講演と重複する部分もあるが、動画では触れられなかったエピソードも多々、盛り込まれていた。

Oは自らをどう名乗り、どんな話をしていたのか。講演の一部を、『戦歿学徒の心』から抜き出し、以下に再現してみたい。なお、この本は全編、語り口調で構成されている。

「できるだけ話をよく聞いて頂くために自己紹介をします。私は江田島のある地主の家に生まれたために進学したんですが、親友たちはほとんど小学校だけで、中学校にもいかずに実社会に出た、そういう時代でありました。親が経済的に余裕があったために大学へ行けました」

「当時は徴兵制がしかれておってみんな親友たちは二十歳になると戦場に行ったんですが、私は徴兵延期という恩典を受けて京都におりました」

「昭和十八年の初め友達が海軍に入るのを見て、あっ、そういう制度があるのかと思ってすぐ志願をいたしました。でも、私が志願をしたその直後に、徴兵延期が停止されて全部出るようになりました。昭和十八年十二月、これが第一回目の学徒出陣であります」

「それから、私は豊後水道から別府湾の入口、佐賀関の灯台、あの辺りの一般の船が通らないところで人間魚雷の訓練を受けておったんです。訓練では火薬を積んでいないんですけども、一度乗り組みますと、体重が一貫目痩せると当時言った。一貫目というのは正式には三・七五キロ、約四キロであります」

「私は当時の記録を皆焼いてしまったけれども、当時毎日日記を書いておったんです。『何月何日、右八本、左七本』。白髪の数であります。乗り込む時には真っ黒であった頭髪が、一時間半後、訓練を終わって帰ってきたら、体重が三、四キロ減って頭の中に右は八本、こっちは七本とか言って友達が数えてくれるんです。信用できないでしょう。

そんな激しいことをやって来たんです」

「体が弱いからとうとう肋膜を患って南方のマーシャル群島の名もない島に特攻基地を造る為に派遣されました」

「そこで、また病気になり、二六〇〇トン級の潜水艦に乗せられて日本に帰る途中、この潜水艦は特別任務をおびておった。ハワイから百海里ばかり西に、三隻ぐらい日本の大型潜水艦がいつも水深五〇メートルのところにおった。飛行機が来たら七〇メートルに潜るんです。それ以上は潜らない。人間魚雷を四基ばかり積んでいたからです。七〇メートル以上潜ると、水圧の為に人間魚雷に水が入って駄目になるから、それを守る為に潜らなかったんです」


Oはまず、海軍に入隊した経緯や、自身が回天の搭乗員として過酷な訓練を受けたことなどを紹介している。ユーチューブにアップされていた動画では、十分に触れていなかった話である。

遺書の執筆者

これ以降は、動画の内容と特に重なる部分となる。とはいえ、若干の違いもあった。重複も多いが、差異を示すためにあえて紹介する。

「ある日、『何月何日ハワイを二十三隻の船団が西に向かった。殲滅しろ』という命令が来た。三日目の夕方船団を見つけた。艦長が『よーし、今やっては撃ちもらす。全部やっつけるために、明日の朝、夜明け前にやろう。それまでは並んで走ろう』と言って、夜明け直前に潜望鏡を上げた」

「艦長が思わず『しまったー。クルーザーがいるぞ』。巡洋艦、約一万四千トン。『あいつを先にやらんと俺たちがやられる。回天作戦』。普通、商船など普通魚雷で十分やっつけることはできるんですが、軍艦が相手となると、こちらの十倍二十倍の力を持っていますので、人間魚雷を出す。出すのはいいが一人殺しますね。隊員を」

「一号艇は慶応の学生が命令されていて、朝三時頃一目で分かった。新しい日の丸の鉢巻をして新しい服を着て新しい半長靴をはいておる。手を挙げたら飛んで来た」

「海軍士官はあまりものを言いません。目と目で話ができるようになっておった。ほっぺたをくっつけて彼の口が私の耳、私の口が彼の耳にあたっておる」

「『行くのか』。頷く。『何故言わなかった。親友のくせに』『いやー、おまえに心配かけるから』『心配があるか。右手は何だ。遺書か、出せ』『見んな』『見ん』。こういうことを小さい声で言った」

「彼が言うには、『おふくろが京都駅裏に一人でいるから、もしこの潜水艦が、無事日本に帰ることがあったら、頼む。しかしだめだろうなあ。日本には帰れんぞ、今度は。貴様も死ぬぞ。しかし、もしそういうことがあったら頼む』」

「別れて約二時間後に、一号艇と艦長が電話で話をするのが、艦内に皆伝わる。約百人乗っておった、潜水艦に。『思い残すことはないか』『ありません。お世話になりました』『気をつけて行け』『ありがとうございます。ただ、強いて言えば、もういっぺん、屋台に頭を突っ込んで鮨が食べたいです。まあ、艦長、向こうに行ったらいくらでもありますから、いいです』『おお、あるぞ』『はい』。やがて、出ていった」

「皆、時計を見ておる。約十六分で二六〇〇トンの潜水艦がぐらーとくる衝撃が来た。一六〇〇キログラムの火薬ですからね。一万四千トンの巡洋艦が千名ぐらいの将兵を積んだままで一発で沈んでしまった」

「艦長は『黙祷』と令した。いつも黙祷やってもすぐ『黙祷やめー』で真反対の方向に全速で逃げるんです。爆雷攻撃を受けるから。その時は『黙祷やめー』がなく逃げることもなく、どうしたんだろうかなあと不安に思っておると、伝声管を伝わってくる艦長の声が泣いておる」

「今、殺した、彼を殺した。私は遺書を見ないという約束をしたけれど、『えい、見てやれ』と思って開けて見たら、彼はこんなことを書いておりました」

ここから、遺書の中身に入っていく。

「遺書はお母さんに渡しまして、今はありません」

Oは最初に、こう断ったうえで続けた。

「『お母さん、私はあと三時間で祖国の為に散っていきます。胸は日本晴れ、本当ですよ、お母さん。少しも怖くない。しかしね、今時間があったので考えておったら少し寂しくなってきました』」

「『それは今日私が戦死する。通知が届く。お父さんは男だから、分かっていただけると思います。が、お母さん、お母さんは女だから、優しいから涙が出るのではありませんか。また、弟や妹達も兄ちゃんが死んだと言って寂しく思うでしょうね』」

「『こんなことを考えておったら母さん、私も人の子、やはり寂しい。しかし、お母さん考えてごらん。今日私が特攻隊で行かなかったらどうなると思う。戦争が日本本土まで迫って、この世の中で一番好きだった母さんが死なれるから私が代わって行くんですよ。だからね母さん、今日私が特攻隊で行かなかったら、歳をとられたお父さんまで銃を執るようになりますよ。だからね母さん…』。全部、母に向けておる」

「『今日私が特攻隊に行かなかったらまだ先のある弟や妹まで犠牲になるんですよ。だからね、母さん、母さん分かりました？　分かったら、今日私が戦死してもどうか涙だけは堪えてくださいね』」

「『でもやっぱり、だめだろうなあ。お母さんは優しい人だったから。でも、お母さん私はね、どんな敵だって怖くはありませんがやはり母さんの涙が一番怖いんです　昭和二十年四月六日出撃直前　太一』」

「変な略図を書きましたけど、人間魚雷とはご存じかも知れませんがこういうのです。真ん中に人が座って、低くて狭いところですから、座布団をひいたら頭がつかえるから、鉄板に直に座っておった。海の底ですから冷えて、トイレは出しっぱなしであります。長い命ではありませんのでね」

これで、Oが自分の体験として語った回天の話は終わる。

回天とは関係がない、別の特攻隊員のエピソードなどをいくつか紹介した後、Oは、学生たちにこのように語りかけて講演を締めくくった。

「私が江田島からどんな気持ちで来たのか、私は若い人の気持ちはよく知りません。でも、皆さんの頭は柔軟ですから、あのO（本では実名）という老人が何を言いたかったのかというのを、みなさんなら十分わかっていただけると思います。まとまってはおりませんが終わらせていただきます」

Oが預かったという遺書は、死を目の前にして、母親への素直な心情をつづっており、重ねて言うが涙を誘う文章である。名文といってもいい。

「て・に・を・は」(助詞)や、細かな言い回しなどを除けば、遺書の中身は、ユーチューブにアップされている動画とほぼ変わらない。

遺書をそらんじている途中、「全部、母に向けておる」と、Oが「合いの手」を入れる場所さえ同じだ。あちこちで何度も同じ話を繰り返し、「講演慣れ」したと考えざるを得ない。

ただし、一点だけ明確な違いがある。ユーチューブの動画では触れていない遺書の「執筆者」について、名前を明らかにしているのだ。

遺書の最後、「昭和二十年四月六日出撃直前　太一」の部分である。

実在した「太一」という搭乗員

回天の元搭乗員らで作る「全国回天会」という組織がある。元搭乗員のほか、回天作戦の指揮に携わった参謀らもメンバーに含まれており、いわば「当事者団体」だといえる。

あくまで民間団体ではあるのだが、回天の作戦記録や戦果をまとめたほか、戦死した搭乗員の遺書や手記など、政府の手が行き届かない記録まで整理し、保管してきた。

回天の搭乗員名簿もまた、全国回天会の手で作成されている。

その名簿によれば、確かに「太一」という名前の搭乗員は実在した。慶應義塾大学出身の「今西太一大尉」である。実際に回天に乗って出撃し、戦死している。

だが、戦闘に参加した時期や作戦海域など、戦死の状況は０の講演内容と全く異なる。今西大尉が戦死するまでの実際の経緯と、０が遺書を受け取ったとする状況の説明とでは、あまりに相違点が多すぎるのである。この矛盾について、詳しくは後述する。

ともあれ、遺書の執筆者として「太一」という実在する人の名前を出す場合、より、話の整合性を突かれる可能性は高まるといえる。

０が皇学館大学で講演したのは、平成七年だ。一方、ユーチューブにアップされている動画が制作されたのは、その二年後の平成九年である。

当初は遺書の文末に添えていた名前を、やがて省いて語るようになったと考えられる。なぜ、こうした変化が生じたのか。０の心の内は、容易に想像がつく。

あえて遺書の出所をあいまいにすることで、深く追及されるのを避けようとしたのではないか。

いずれにせよ、０の話を虚偽だと証明する作業が肝心である。

遺書の真贋を見極めるのは、実は極めて難しい。広く一般に知られていないだけで、回天搭乗員の誰かがこっそりと書いていた可能性も、否定はできないからだ。

何より、搭乗員たちは公開される前提で、遺書の執筆などはしていないはずである。親兄弟ら家族に宛てた私信を、すべて確かめるすべはない。

「十八歳の回天特攻隊員の遺書」を書いた人は実在せず、創作である――。これを証明するのは、ある種、「悪魔の証明」に近いのかもしれない。

しかし、O自身の経歴や体験に嘘を織り交ぜていたとすればどうだろうか。Oの話を、当時の資料と地道に突き合わせることで、確実に嘘を明らかにできる。

Oが動画や講演で語った海軍での経歴は、真実なのか。経歴をたどれば、作戦中の潜水艦に乗っていた可能性は出てくるのか。そもそも、本当にOは訓練を受けただけとはいえ、回天の搭乗員だったのか……。

Oが遺書を預かったとする状況はあり得ず、虚偽だ――。これを証明することがすなわち、「十八歳の回天特攻隊員の遺書」の創作を裏付けるのである。

第三章　「嘘」を暴く

矛盾がある０の経歴

まず、０が語った自身の経歴を整理してみたい。

０の著書『皇学館大学講演叢書第八十輯　神宮皇學館大學戦歿学徒慰霊祭記念講演　戦歿学徒の心』には、著者略歴が掲載されている。この略歴に、講演で語った自己紹介の内容を加えると、おおむね以下のようになるだろう。

大正十年一月、広島県江田島市（当時は江田島村）の地主の家に生まれる。立命館大学法学部に在学中の昭和十八年十二月に学徒出陣で海軍へ。回天の搭乗員として訓練を受けるが、肋膜を患って「南方のマーシャル群島の名もない島」に特攻基地を作るために派遣される。そこでも病気になり、二千六百トンの潜水艦に乗せられて日本に帰ることに。だが、この潜水艦は特別任務を帯びていた。回天を四基、搭載していたのだ。ハワイから百カイリ西で米軍の輸送船団に遭遇、回天による攻撃に立ち会う。

攻撃の直前、慶應義塾大学出身の回天搭乗員「太一」から、母親に宛てた遺書を預かる。「太一」は、見事に米軍の巡洋艦に体当たりし、撃沈した。艦内に静寂が広がる中、預かった遺書を開くと、「自分が死んでも悲しまないでほしい」と、母親に宛てた素直な心情がつづられていた。

昭和二十年八月十五日の終戦は、掃海艇の艇長として、富山県の伏木（現在の高岡市）で迎える。戦争を無事に生き抜いたため、「太一」との約束通り、京都駅裏に住んでいた「太一」の母に遺書を届けた。だが、次に行ったときは新幹線の駅ができて、その家はどこにあるのか分からなくなっていた。

戦後は、郷里の江田島で十年間農業を営んだ後、昭和三十一年八月に防衛庁事務官になり、江田島教育参考館の初代館長に就いた。二十三年間にわたって館長を務め、昭和五十四年四月に退職した。

簡単にまとめたが、これがOの経歴である。いや、Oが自分自身を語った、あるいは「騙った」経歴である。

詳しい検証は後に回すが、先の大戦についての知識が多少なりともあれば、パッと読んだだけで数々の矛盾に気が付くはずだ。

例えば、「南方のマーシャル群島の名もない島」に特攻基地を作るために派遣された、とのくだりである。

この島に派遣された時期は明示されていないが、少なくともOが海軍に入った昭和十八年十二月以降であることは間違いないだろう。入隊直後の教育期間なども考慮すれば、昭和十九年の前半ということも考えにくい。時期は早くて、昭和十九年の半ばから、後半といったところか。

ところが、マキンやタラワといったマーシャル群島に対し、米軍の攻撃が始まったのが昭和十八年十一月である。翌昭和十九年二月までにマーシャル群島はほぼ制圧され、付近の制海権は完全に米軍に奪われていた。

昭和十九年の段階で、のこのこと特攻基地を作りに行くのは、まさに自殺行為というほかない。そもそも、基地を作れるような島を日本は失っていたのだ。

この「特攻基地」が具体的に何を指すのかは不明だが、仮に回天の基地だとすれば、これも不可解な点である。

回天の作戦について若干補足する。当初、回天は潜水艦に搭載されて出撃した。太平洋の島嶼部など米軍の拠点まで潜水艦で近づき、いわゆる「泊地攻撃」を実施した。

だが、米軍の警備が厳重になり、回天を潜水艦から切り離す前に、潜水艦自体が撃沈されるなど、被害が相次ぐようになった。そこで、日本海軍は洋上を航海中の敵艦を標的とする攻撃に切り替えた。「航行艦襲撃」である。

それでも潜水艦の喪失が激しく、いよいよ回天を搭載する潜水艦にさえ、事欠くようになった。その結果、最後の手段として「陸上」からの攻撃が検討された。

確かに、回天を陸上の基地から発進させ、米軍を迎え撃つ計画は存在していたのだ。実際に、陸上基地も建設されている。

この辺りは、先に紹介した「全国回天会」が詳しく資料にまとめている。全国回天会の会長を務めた元搭乗員、小灘利春氏の著書『特攻回天戦　回天特攻隊隊長の回想』によると、米軍の日本本土上陸に備えた側面もあったようだ。米軍の上陸が予想された高知県や宮崎県の沿岸部、伊豆諸島の八丈島などに、基地が置かれたという。

だが、マーシャル群島に基地が作られたとする記録は、一切ない。

一読して違和感を覚える点は、まだある。

「ハワイから西に百カイリの地点」で米軍の輸送船団に遭遇したというのも、おかしい。百カイリといえば、キロメートルに換算するとわずか二百キロ弱である。戦争末期、ハワイは米軍の太平洋戦線の拠点として、極めて厳重に警備されていた。そんな場所に、日本海軍の潜水艦が二百キロ程度の距離まで近づいて攻撃ができるものだろうか。

細かな検証は、改めてOの経歴に沿って行いたい。ただ、これは検証以前の問題だといえる。昭和十九年、すでに米軍の勢力下にあるマーシャル群島に特攻基地を作りに行き、病気のため潜水艦でハワイ近海を経由して日本に戻った――。こんなストーリーは、荒唐無稽以外の何物でもない。作り話と考えざるを得ないのである。

ともあれ、必要なのは嘘のあぶり出しだ。Oの経歴に沿って、冷静に、事実と照らし合わせてみたい。

学徒出陣

検証のスタートは、出生からだ。

Oが言う「大正十年、広島県の江田島出身」。これは、信用してもいいだろう。嘘をつく必要もないし、仮に嘘だとしても、回天の話にはほとんど影響しない。生家が「地主の家」であることが本当かどうかも、この際、関係ない。

海軍に入った時期については、昭和十八年十二月の学徒出陣だと説明している。

ここで、学徒出陣について少し触れたい。

戦前の日本には徴兵制があり、国民には兵役の義務が課せられていた。満二十歳になると、男性は皆、徴兵検査を受けなければならなかった。

だが、大学や高等学校、専門学校などの学生は、国のリーダー層（エリート層）を育成するという観点から、勉学を優先するため徴兵が猶予された。

先の大戦末期、戦局の悪化に伴い、兵器開発に必要な理科系の学生を除き、文系学生については この猶予が撤廃された。学徒出陣とは、この徴兵猶予の撤廃を指す。

昭和十八年十月、東京の明治神宮外苑競技場で開催された「出陣学徒壮行会」は、非常に有名である。

雨の中、制服姿にゲートルを巻いた学生たちが小銃を担いで行進し、ＮＨＫで実況中継もされた。今に残る映像には、学生たちの悲壮な表情が映し出されている。

こうした出陣学徒の壮行会は、実は東京だけでなく全国各地で開かれている。

東京で壮行会が開かれた翌月の昭和十八年十一月、京都市の平安神宮では、京都大学や同志社大学といった関西地方の大学に通っていた出陣学徒たちの壮行会が挙行された。

昭和十八年十一月二十二日付の京都新聞には、当時の状況がこのように描かれている。

「〝海往かば水漬く屍……〟今日のこの感激をしつかと胸に米英撃ちてし止まむの決意を眉宇に身は今此処(ここ)にあれど心は北の南の大陸の決戦場に馳せる京大、立命大、同大、龍大、谷大、(中略)の出陣学徒は校旗を掲げて歩武堂々と式場に参集、(中略)祝酒を戴き平安神宮の護符を受け送る後輩学徒の万歳、打振る旗の波の中を堂々行進散会した」

明治神宮外苑競技場での壮行会と、ほぼ同様の光景が目に浮かぶ。

記事には、立命館大学の学生も平安神宮に参集したと書かれている。Oは、立命館大学の学生だったという。おそらく、「歩武堂々と式場に参集」した学生の一員だったに違いない。盛大に見送りを受けた学生たちは、昭和十八年十二月に陸軍と海軍、それぞれに振り分けられて入隊した。

Oの著書『戦歿学徒の心』には、こう記されている。

「徴兵延期が停止されて全部（兵隊に）出るようになりました。昭和十八年十二月、これが第一回目の学徒出陣であります」

この説明に、矛盾はない。

戦前、大学生というのは極めて珍しかった。いわば「超エリート」である。それだけに、昭和十八年末に至るまで徴兵が猶予されていたともいえる。

高学歴のエリートである出陣学徒たちは、陸海軍に入隊後、教育期間を終えると少尉となり、実戦部隊の指揮官を任された。

海軍の場合、昭和十八年十二月に入隊した出陣学徒たちは、主に「兵科第四期予備学生」、あるいは「飛行第十四期予備学生」に大別された。

いずれも幹部候補生として扱われ、指揮官である海軍士官になるための教育が課せられた。後者の飛行第十四期予備学生は、特に戦闘機や攻撃機のパイロットなど、飛行要員として養成された。

逆に、飛行要員以外の学生は、ほぼ全員が兵科第四期予備学生になったのである。

これまでのOの話には、飛行機とのかかわりは一切出てこない。したがって、飛行要員だったとは考えにくい。

そもそも、Oの話の信用性を検証しているわけだから、どちらにせよ疑問符が付くといえなくもない。とはいえ、一切を疑ってかかると、その検証すら難しい。あくまで仮説ではあるものの、Oは兵科第四期予備学生の出身である可能性が非常に高いと考えられた。

兵科第四期予備学生の出身か？

これは、大きな手掛かりとなる。

先の大戦を取材する際には、いくつかの常道がある。その一つが、「所属」を知ることだ。戦争取材では、経験者の話を聞くのはもちろん大事なのだが、戦後七十年以上がたつと、それだけでは十分とはいえない。記憶があやふやなケースは多いし、逆に、本人は信じ切っていたとしても、思い違いや事実誤認があるからだ。記事にする場合、補足取材が必要な場面は多々、出てくる。

そんな時、例えばある人物の行動歴を具体的に知りたいと思った場合、その「所属」を探るのが、最も近道、かつ重要となる。

具体的には、教育期間なら陸軍士官学校や海軍兵学校、あるいは兵科予備学生などその他の入隊方法であったとしても、年次を示す「何期」であるのか、だ。

実際の戦場に出たら、陸軍であればどの師団や連隊かといった所属部隊、海軍なら乗っていた軍艦などの名前である。

戦時中の個人の行動を探るのは、極めて難しい。だが、所属する師団など大きな部隊や軍艦の動きは、程度の差こそあるものの、戦時日誌などの記録に残されている。同じ部隊に所属する別の人物が、戦後に発表した手記や書籍が参考になることも少なくない。

こうした資料をたどると、だいたい取材対象の人物はこんな動きをしたのだな——ということが、おぼろげながら浮かび上がってくるのである。

したがって、Oが兵科第四期予備学生の可能性が濃厚と分かったことは、大きな一歩だといえた。

とはいえ、この段階では「可能性が濃厚」であるに過ぎない。Oが、兵科第四期予備学生であると確定させる作業が必要だ。

特に士官の場合、海軍兵学校や陸軍士官学校の「期」ごとに、OBたちによる同期会があり、詳細な名簿を整理していることが多い。こうした名簿は仲間内だけで作られてはいるものの、ほとんどは国立国会図書館にも資料として所蔵されている。

大学出身の予備士官であっても、戦後、同期会などが設立されたケースは多く、名簿が残されていると考えられた。

国立国会図書館は、所蔵資料をインターネットから手軽に検索できる。

「兵科第四期予備学生」と打ち込むと、すぐに見つかった。「海軍兵科第四期予備学生会」

という団体が、名簿を編纂していたようだ。予想通り、第四期予備学生のＯＢで構成される、同期会のような団体なのだろう。

ほかにも、「海軍予備学生名簿編さん室」によるものなど、名簿は複数存在していた。どれも国立国会図書館に所蔵されており、閲覧も可能だった。

ただ、ここでも新型コロナウイルスに行く手を阻まれた。国立国会図書館は、感染拡大防止のため、四月中旬から来館を制限していたのだ。

感染が収束し入館できるようになるまで待つ手もあったが、それがいつになるか分からないし、何とももどかしい。名簿は改めて確認するとして、別の策を考えるしかなかった。

そこで、戦争取材のもう一つの「常道」を頼ることにした。「国立公文書館アジア歴史資料センター」、通称「アジ歴」である。

「アジ歴」では、国立公文書館のほか、防衛省防衛研究所、外務省外交史料館、その他にも大学などが保管する様々な歴史資料を、インターネット上で閲覧できる。

中でも、先の大戦に関する防衛研究所の資料は、当事者や当時の関係者らが作成した一次資料ばかりだ。貴重な記録をネット上で次から次へと見ることが可能で、戦争取材には欠かせない存在だった。

戦時中の個人の記録は、そう多くない。しかも、Ｏは士官とはいえ、海軍の上層部にいたわけでもない。手掛かりになるとしたら、「海軍辞令公報」くらいしか思いつかなかった。海軍辞令公報とは、その名の通り、主に士官以上の個人に発令された辞令の記録である。現代風に直すと、海軍内部での人事異動の発令記録とでもいえるだろうか。日本海軍は、最盛期には二百万人近い人員を抱えた。そんな組織の人事異動記録は、当然ながら膨大である。そこに戦後の混乱も加わったようで、辞令公報には欠落している期間もある。

すべてが網羅されているわけではないものの、ほかにめぼしい手掛かりがあるわけでもない。さしあたり、「海軍辞令公報」を地道に調べるしかなかった。

兵科第四期予備学生は、昭和十八年十二月に海軍に入隊した。二等水兵として基礎教育を受け、翌昭和十九年二月に「予備学生」となった。正式に、士官の候補生になったのである。ちなみに、第四期予備学生には、戦後、『戦艦大和ノ最期』を発表した吉田満氏や、参議院議員になった田英夫氏らがいる。いずれも故人である。

吉田氏の著書である『戦艦大和ノ最期』は、以前読んだことがあった。第四期予備学生に関連する記述がないか、改めて読み返してみたが、この本は戦艦大和に配属された後の話が中心である。海軍に入隊した直後や、教育期間中の第四期予備学生同士のエピソードなど、参考になりそうな記述はほぼなかった。

ともあれ、予備学生に任命されると、辞令公報に記載される可能性はある。膨大なデータから、ネット検索で探し当てる作業が始まった。

兵科第四期予備学生が、正式に「予備学生」になった昭和十九年二月の記録を調べたが、そもそも予備学生に関する記載が見当たらない。

高等商船学校などの出身者を指す「海軍予備生徒」の発令記録はあるが、予備学生は記録されていないようだ。

次に可能性があるのは、教育期間を終えて少尉に任官する段階である。「少尉を任ずる」との辞令が出ているはずだ。

兵科第四期予備学生は、昭和十九年十二月に海軍少尉になっている。

十二月の辞令公報を一枚ずつ、目で追っていく。三十枚とか五十枚とか、ページ数はまちまちだが、古い紙をデータ化したフォルダが、十二月分だけで十個近くある。

パソコンの画面上で、お世辞にも読みやすいとはいえない紙のデータに目を凝らすのは、大変難儀した。まぶたが痙攣（けいれん）しかけたほどだったが、苦労は報われた。

昭和十九年十二月二十五日付で、兵科第四期予備学生たちに「任海軍少尉」と発令した記録が残されていた。

あとは、この中にOの名前があるかどうか、である。

資料によって人数は異なるのだが、兵科第四期予備学生は三千人以上いたという。第四期予備学生の名前と配属先を一人一人、書き連ねていくだけで、用紙は五十枚近くに及んでいる。

同じように、一枚ずつ丹念に見ていく。Oの名前を探し出すという精緻な作業だけに、より、目の疲れを感じる。

配属先には、「香港特別根拠地隊」や「硫黄島警備隊」といった、陸上部隊が目立つ。昭和十九年の年末といえば、レイテ沖海戦を終え、日本海軍がほぼ壊滅した後だ。もはや、第四期予備学生たちが乗り込む艦艇すら失われていたに違いない。

そんなことを考えながら、十枚近くに目を通しただろうか。Oの名前が見つかった。

名前の上には、「八雲」乗組被仰付、とある。少尉として、八雲の乗り組みを命じられたということだろう。

八雲は、装甲巡洋艦として日露戦争に参加した軍艦だ。先の大戦時にはすでに老朽艦でありながら、一等巡洋艦に分類され、主に練習艦として使用されていた。

いずれにせよ、Oが兵科第四期予備学生の出身で、少なくとも海軍少尉になっていたことは、事実だといえそうである。

Oと回天の接点を探る

Ｏが少尉任官後、最初に配属された艦艇が八雲であることも分かった。これも、副次的な収穫だといえた。

先ほど、戦争取材の常道として「所属」の重要性を説明した。これが、図らずも判明したのである。

配属先が、「軍艦」だったことも有利に働く。

所属部隊の記録は、個人がどんな動きをしたのかを探るうえで大いに参考になるのだが、実は同じ海軍であっても、軍艦と陸上部隊では、その信頼度に違いがある。軍艦の方が、より確度が高いといえるのだ。

なぜか。

陸上部隊の場合、所属部隊の行動と個人の行動は、必ずしも一致しない。これは、陸軍の部隊でも一般的に見られる。

現場指揮官の判断で、記録に残らないような小さな「別動隊」に回され、本隊とは違った動きをすることが多いからである。当然、記録に残るのは本隊の行動だけとなる。

一方、軍艦乗り組みの場合、そうはいかない。海上で別行動は不可能であり、その軍艦の行動歴が乗組員のそれと異なることは、まず考えられない。つまり、八雲の行動記録を拾っていけば、Ｏの行動歴もほぼ正確につかめるはずである。

そこに、回天との接点があったのか、なかったのか――。

Oは、敵船団を回天で攻撃したという潜水艦に乗り込み、出撃直前の回天の搭乗員から遺書を預かったと説明している。Oの行動歴から、本当に遺書を受け取る機会があったのかどうかを検証すればよいのである。

ここでも、やはり「アジ歴」の活用だ。

防衛省防衛研究所の資料に限定し、検索窓に「八雲」と打ち込んでみる。何しろ、八雲は日露戦争から活躍した軍艦である。八雲とだけ入力して検索結果を表示すると、昭和以前の時代からの膨大な資料であふれてしまった。

次に、Oが乗り組みを命じられた昭和十九年十二月以降に期間を絞り込んで、検索してみる。

先の大戦の取材を重ねる中、それなりに日本海軍についても知識を蓄えたと思っていたが、主要な軍艦ともいえない八雲に関してはほとんど知らなかった。

八雲は終戦まで沈むことなく生き延びたようで、戦後、連合国側に引き渡す軍艦の目録にも名前があった。ほかにも、北海道の密漁警備報告書など、さまざまな資料が出てきた。だが、いずれも関連は薄そうだ。

唯一、「呉練習戦隊戦時日誌」が参考になりそうだった。

八雲の所属した戦隊（艦隊）の戦時日誌である。大書された題名の上に、「軍極秘」の印が押されている。

文書ファイルを開いてみると、呉練習戦隊に所属する各艦の人員配置や行動記録、戦訓などが、時系列に沿って詳細に手書きで残されている。もちろん、八雲の資料もある。

こうした戦時日誌や戦闘詳報など、先の大戦中の資料には手書きの文書も多い。どの文書も、地図やイラスト、図表などもふんだんに交えて、カタカナと漢字で丁寧に記されている。大変分かりやすく、読みやすい。

戦争末期の混乱した戦場で、よくもこれだけの書類を残せたと、目にするたびに毎回、感心させられる。

日本海軍という組織に、数々の欠陥があったことは否定できない。だが、こうした文書の存在は、組織の末端まで記録の重要性が行き届いていた証左であり、この点、もっと評価されても良いのではないかとも思う。

ともあれ、八雲について、戦時日誌を読み解いてみる。

繰り返しになるが、Oが少尉に任官し、八雲に配属を命じられたのは「昭和十九年十二月二十五日」である。

戦時日誌は、一カ月ごとにまとめられている。

昭和十九年十二月一日～十二月三十一日の記録を読んでみると、まず、冒頭の「経過」という項目に、それらしき記述があった。十二月の一カ月間、呉練習戦隊が主にどんな行動をとったのか、その概要を記した部分である。

以下、戦時日誌から引用する。なお、読みやすさを優先し、カタカナはひらがなに置き換えた。

「十二月二十六日以降約三カ月間の予定を以て出雲型三隻に一般兵科予備学生出身海軍少尉九十五名　同予備生徒出身海軍少尉候補生二十九名配乗せられ目下実務練習中」

Oたち「一般兵科予備学生出身海軍少尉」が乗艦し、三カ月間の予定で実務練習を開始した、と書かれている。九十五名の中の一人が、Oであることは間違いない。

八雲は、戦時日誌にある「出雲型三隻」に含まれる。九十五名が三隻に分散して乗艦したとみられることから、Oと一緒に八雲に乗った同期たちは三十人ちょっとだろうか。

以降、戦時日誌から、十二月の八雲の行動歴を拾ってみる。

「麾下艦船部隊の行動」には、Oの乗艦した昭和十九年十二月二十六日から十二月三十一日まで、八雲は「呉」とだけ書かれている。広島県の呉軍港や、その付近にとどまっていたようだ。

したがって、昭和十九年の年末まで、Oも呉の付近にいたとみられる。

続いて、昭和二十年一月だ。一月の「経過」項目にも、Oたち兵科第四期予備学生についての記述があった。

「所在海面の防御並びに対潜対空警戒に任ずると共に補給整備及主として海軍兵学校生徒乗艦実習並に海軍予備学生出身海軍少尉の実務練習に従事し孰れも順調に終了せり」

一月も、前月の十二月同様、Oたち予備学生は乗艦実習に従事したようだ。そして、訓練は滞りなく終了したという。

八雲の行動歴を見ると、十二月よりも広範囲に、活発に移動している。坂手湾（香川県・小豆島）や江田内（広島県）、弓削（愛媛県）、そして大阪。具体的な行動記録には、「乗艦実習行動中特令なければ毎日信号灯教練を行う」「乗艦実習を実施す」「艦務実習に任ぜしむ」「特令なければ毎日隊内通話訓練を行う」など、訓練を重ねている記述が散見された。

Oたちは八雲に乗って瀬戸内海を中心に航海しつつ、訓練に従事していたとみられる。

昭和二十年二月の戦時日誌も、ほぼ同様だった。

「経過」には、一月と同じく、Oたち兵科第四期予備学生に関して「実務練習に従事し順調に終了せり」とある。八雲の行動記録も、呉を中心に坂手湾や柱島（山口県）、山口県・岩国沖、大阪など、一月同様、瀬戸内海を航海している。

昭和二十年三月、Oたちは初めての実戦を経験した。

二月と同じように、八雲はOたちを乗せ訓練を重ねながら、瀬戸内海をあちこち移動していた。

その最中(さなか)である三月十九日朝、江田内停泊中に米軍機の空襲を受けた。戦時日誌には「敵艦載機延六十四機と交戦」との記述がある。

戦果として「撃墜確実一機」を報告した一方で、八雲には被害もあったようだ。乗組員に重傷二名、軽傷八名というけが人が出たほか、「少数の掃射弾を受けたるも船体兵器機関に異常なし」と記録されている。

米軍機に対しては「高角砲七十三（発） 機銃一七六四（発）」を発射し、反撃したという。米軍は三月十九日、広島県の呉軍港周辺に激しい空襲を仕掛けている。八雲への攻撃は、この一部だった可能性が高い。

老朽艦であった八雲に対して、米軍が本格的な攻撃を行ったとは考えにくい。一部の艦載機による「行きがけの駄賃」程度の機銃掃射だったと思われる。

それでも、戦時日誌によれば攻撃は、午前八時四分から午前九時二十八分まで、一時間以上にわたって行われたという。執拗に機銃掃射を繰り返す米軍機に対し、八雲は激しい対空戦闘を繰り広げたのだろう。おそらくOも、米軍の機銃弾が降り注ぐ中を、懸命に戦ったに違いない。

Oが初めての実戦を経験した昭和二十年三月を最後に、呉練習戦隊の戦時日誌から、兵科第四期予備学生に関する記述はなくなる。

Oたちが乗艦した昭和十九年十二月の戦時日誌には、「（昭和十九年）十二月二十六日以降約三カ月間の予定を以て……」とあった。当初の予定通り、Oたちは早ければ三月末、遅くとも四月の初めまでには八雲での訓練を終え、下船したとみられる。

回天の初陣

ここで、いったん整理したい。

Oは昭和十八年十二月、兵科第四期予備学生として海軍に入り、一年間の教育期間を修了した。昭和十九年十二月に少尉に任官し、同時に八雲に乗艦した。

瀬戸内海を中心に航海しながら、艦上での実務練習を繰り返した。昭和二十年三月、米軍機の空襲を受け、初の実戦も経験した後、八雲での任務を終えた。

この間、潜水艦に便乗したという記録は皆無である。回天の搭乗員との接点も見当たらない。ましてや、回天の操縦訓練を受ける暇などなかったはずだ。

では実際、同時期に回天搭乗員たちはどのような動きをしていたのか。

回天の初陣は、昭和十九年十一月である。Ｏはまだ、教育期間中であった。潜水艦三隻に四基ずつ搭載され、計十二基の回天からなる「菊水隊」が、十一月八日に大津島を出撃した。西太平洋の米軍の拠点、ウルシー環礁と、パラオ諸島のコッソル水道に停泊する船団が攻撃目標だった。

菊水隊を編成する三隻の潜水艦のうち、二隻がウルシー環礁、一隻がパラオ諸島・コッソル水道に向かった。

菊水隊は米軍の厳しい対潜警戒網をかいくぐりながら、太平洋を南下した。大津島を出撃してから十一日後の十一月十九日夕刻、二隻はウルシー環礁の西方五十カイリ（九十二・六キロ）まで忍び寄った。

攻撃は、翌二十日の早朝だった。潜水艦二隻に搭載された計八基の回天に、搭乗員たちが次々と乗り込んだ。二十日午前三時二十八分、一隻目の潜水艦から、回天の一号艇が発進した。その後、およそ五分ごとに、二号艇から四号艇までが続いた。

一隻目の潜水艦から四基の回天が発進を終えると、二隻目の潜水艦からも攻撃が始まった。午前四時五十四分、二隻目の潜水艦から、回天の一号艇が発進した。だが、後に続くはずだった二号艇以下はいずれも、事故やエンジンのトラブルなどに見舞われた。やむを得ず発進を見送り、二隻目の潜水艦からは一号艇のみが体当たりに向かった。

二隻の潜水艦から、計五基の回天が放たれた。

午前五時四十七分、ウルシー環礁内に轟音が響いた。米軍の給油艦「ミシシネワ」が、回天の直撃を受け爆発炎上、瞬く間に轟沈したのである。

出撃した五基の回天のうち、誰の戦果であるのか、今も正確には分かっていない。また、ミシシネワに突入した回天を除き、ほかの四基の回天がどのような戦果を挙げたのかも、不明なままだ。

いずれにせよ、五基の回天搭乗員は、全員が帰還せず戦死した。


回天の初陣を詳述したのには、理由がある。

二隻目の潜水艦から発進した回天一号艇の搭乗員が、今西太一少尉（戦死後、二階級特進で大尉に昇進）であるからだ。

平成七年、Ｏが皇学館大学の戦歿学徒慰霊祭で記念講演を行った際、遺書の執筆者として紹介した人物、その人である。正確には、Ｏは遺書の最後に、「昭和二十年四月六日出撃直前　太一」と書かれていた、と語っている。

今西太一大尉が出撃したのは、回天の初陣である昭和十九年十一月であり、十一月二十日にウルシー環礁で戦死した。Ｏの言うハワイの近海ではないし、戦死の時期も、五カ月近く前ではある。だが、「太一」という名前の回天搭乗員は、ほかにいない。

Oはまた、この「太一」について「一号艇は慶応の学生が命令されていて……」と述べていた。

確かに、今西太一大尉は慶應義塾大学の出身である。Oと同様に、一般の大学から海軍に入り、予備士官になった。出身は「兵科第三期予備学生」であるから、Oのちょうど一期先輩ということになる。

戦死時の年齢は二十五歳であり、十八歳でもない。もっとも、O自身も、遺書を書いたのが十八歳であるとは、一言も口にしてはいないのだが……。

ともあれ、Oの講演内容を信じるのであれば、今西太一大尉が出撃したこの潜水艦に、Oも同乗していたことになる。しかし繰り返すが、回天初陣の時期、Oは教育期間中である。

なお、初陣で今西太一大尉に続くはずだったが、発進できなかった二号艇以下の回天搭乗員の名前は次の通りである。

二号艇・吉本健太郎中尉、三号艇・豊住和寿中尉、四号艇・工藤義彦少尉――。

Oの名前はない。

Oが語っていた「太一」が今西太一大尉であるとするならば、出撃の状況はOの話と全く異なる。そもそもOは、今西大尉たちと一緒に、潜水艦に乗り込むことは不可能だったのである。当然、遺書を受け取れるはずがない。

Oの「嘘」が一つ、明らかになったといえる。

今西太一大尉の遺書

ちなみに、今西太一大尉は初陣を前に、家族にあてて本物の遺書を残している。少々長いが、抜粋して紹介したい。

「お父様
フミちゃん
太一は本日、回天特別攻撃隊菊水隊の一員として出撃します。日本男児と生まれ、これに過ぐる光栄はありません。（中略）
最後のお別れを充分にして来る様にと家に帰して戴いた時、実のところは、もっともっと苦しいものだろうと予想して居ったのであります。
しかしこの攻撃をかけるのが決して特別のものでなく、日本の今日としては当たり前の事であると信じている私には、何等悲壮な感も起こらず、あのような楽しいときを持ちました。（中略）
お父様、フミちゃんのそのさみしい生活を考えると何にも言えなくなります。けれど日本は非常の秋に直面しております。日本人たるもの、この戦法に出ずるのは当然のことなのであります。（中略）

フミちゃん、立派な日本の娘となって幸福に活して下さい。これ以上に私の望みはありません。お父様のこと、よろしくお願い致します。私は心配を掛けっ放しで、このまま征きます。その埋め合わせお頼み致します。

他人が何と言え、お父様は世界一の人であり、お母様も日本一立派な母でありました。この名を恥ずかしめない、日本の母になって下さい。この父の母の素質を受け継いだフミちゃんには、それだけの資格があるのですから。

何にも動ずる事のない私も、フミちゃんの事を思うと涙を留める事が出来ません。けれどフミちゃん、お父様、泣いて下さいますな。太一はこんなにも幸福に、その死所を得て行ったのでありますから。そして、やがてはお母様と一緒になれる喜びを胸に秘めながら……。

軍艦旗高く大空に揚るところ、菊水の紋章もあざやかに出撃する私達の心の中、何と申し上げればよいのでしょう。

回天特別攻撃隊　菊水隊　今西太一、唯今出撃いたします。

お父様

フミちゃん

お元気で幸あれかしと祈っております。

ますらをのかばね草むすあら野べに　咲きこそにほへ大和なでしこ（伊林光平）

元気で行って参ります。
出撃の朝　太一拝」

死を目前にしていたとは思えないほど、冷静に、訥々と自分の感情を込めている。特攻隊員とはいえ、二十五歳の若者である。死ぬのが怖くなかったはずはないのだ。それでも、自分の中での葛藤を繰り返し、乗り越えた末に達した境地だったに違いない。その心境は、想像するに余りある。

遺書を読んで、「感動した」などと簡単に評して分かったつもりになるのは薄っぺらだし、なんだか違うような気もするのだが、何とも心を打たれるものがある。

ただ、今西太一大尉がつづった遺書を紹介したのは、読んで感動してほしかったから、という理由だけではない。

遺書は父親と「フミちゃん」に宛てたものだ。内容から推察すると、「フミちゃん」は今西大尉の妹だろう。

遺書には「日本一立派な母」と、母親に言及する場面も出てくる。母親との関係が悪かったとは考えられない。にもかかわらず、遺書の宛名は二人だけだ。

なぜ、遺書は母親に宛てていないのか。答えは、遺書の中に出てくるこの表現にある。

「やがてはお母様と一緒になれる喜びを胸に秘めながら……」

自分は間もなく出撃し、回天と共に戦死する。そうすれば、母親に会える――。今西太一大尉の母親は、すでに亡くなっていると考えるのが妥当だろう。

そうなると、またOの話との矛盾が生じる。

Oは平成七年の講演の中で、「太二」からこのように頼まれたと語っていた。

「おふくろが京都駅裏に一人でいるから、もしこの潜水艦が、無事日本に帰ることがあったら、(遺書を)頼む」

今西太一大尉は、京都府の出身である。京都駅裏に家族が住んでいたとしても、おかしくはない。

だが、今西大尉には父親も、妹の「フミちゃん」もいる。母親が一人では住んではいないだろうし、そもそも、その母親はすでに亡くなっていたとみられる。母親に宛てた遺書を書いたり、渡してほしいと頼んだりするのは、極めて不自然だ。

今西太一大尉は、父親と妹に宛てて、自らの心情をつづった本物の遺書を書き遺していた。Oは、そんな今西大尉の名前を勝手に借り、全く関係ない別の遺書の作者に仕立ててしまっていたのである。

戦死した今西大尉と、その家族の心情を考えたとき、Oの罪は極めて重いと言わざるを得ない。

再びOの経歴を追う

再び、Oの経歴の検証に戻りたい。

回天搭乗員の「太一」こと、今西太一大尉と、Oとの間に接点がなかったことは証明できた。そして、今西大尉が「十八歳の回天特攻隊員の遺書」の作者ではないことも、明らかになったといえる。

だが、遺書の作者を何らかの理由で「太一」としただけで、Oが別の回天搭乗員から、遺書を受け取っていた、あるいは預かった可能性が消えたわけではなかった。

昭和二十年三月、ないしは四月に八雲を下船した後、八月十五日の終戦までの間、Oには回天を搭載した潜水艦に便乗したり、回天搭乗員と接触したりした形跡はなかったか。これをつぶす作業が必要である。

八雲での訓練を終えた後、Oはどこに異動したのか。

平成七年の講演をまとめたOの著書『皇学館大学講演叢書第八十輯　神宮皇學館大學戦歿学徒慰霊祭記念講演　戦歿学徒の心』の最終ページにある著者略歴によれば、「（海軍では）人間魚雷回天の訓練を受ける。終戦を掃海艇長として、富山県の伏木（注：現在の高岡市）で迎える」とされている。

回天の訓練を受けたというのは、Oの経歴から検証してきた通り、嘘である可能性が極めて高い。だが、富山県の伏木で終戦を迎えたというくだりはどうだろうか。

ここでも活躍するのは、やはり、アジア歴史資料センターの「海軍辞令公報」である。Oが八雲を下船したのは昭和二十年三月か四月だから、それ以降で、Oの辞令を見つければよい。

また、地道な作業が始まった。

昭和二十年三月以降に絞り込んで、辞令公報を一枚ずつ、確認していく。人にもよるが、辞令公報には実際の発令からおおむね一カ月程度たってから記載されている。

三月の辞令公報を見ると、一部、昭和十九年の十一月とか十二月に発令されたものもあるが、だいたい昭和二十年一月から二月の発令だ。

したがって、Oの名前が載っている可能性は低い。三月の記録は、ほぼ読み飛ばした。

四月になると、いよいよ三月中に発令された辞令の記載が多くなる。書類上、三月だと二十五日とか二十八日に辞令が集中しているようだが、三月の後半は何か関係があるかもしれない。ところどころ、インクで黒くつぶれた人名に目を凝らす。読みにくいことこの上ない。

ただ、ヒントもあった。

Oたち兵科第四期予備学生の辞令は、おそらく一斉に交付されているはずだ。少尉になったとはいえ、彼らは八雲で実務練習に明け暮れていた。Oは大勢の同期と一緒に訓練を積んでおり、いわば、実質的には教育期間中に近い扱いだったといえる。

したがって、八雲の下船と次の配属先の発令は、一斉に行われたと考えられる。つまり、少尉の名前がひたすら列挙されている箇所があれば、Oはそこに含まれている可能性が高かった。

四月に、それらしき箇所はない。だとすれば五月か。

完全に余談になるが、辞令公報には時々、「大本営海軍報道部付」の発令がある。当時の海軍省にも、今と同じように「記者クラブ」があり、私たちの大先輩にあたる新聞記者たちが詰めていた。そこを拠点に、例えば連合艦隊司令長官といった、将官クラスの大物にインタビューなどを行っていたのである。

現代の新聞記者である私たち同様、大先輩たちも、辞令公報にたびたび登場する海軍報道部付の士官たちと頻繁に接触しては、情報入手に努めていたに違いない。そんなことを考え始めると、妙に感慨深くなってしまった。

とはいえ、感傷に浸りながらも、五月の記録を上から下へと、目は忙しく動かしていた。

五月の辞令公報の中盤に差し掛かると、例の「ヒント」が見つかった。

少尉たちの名前が列挙され、複数人がまとめて一カ所の配属先を発令されている箇所があった。「八雲乗組少尉候補生」といった、発令前の肩書もある。Oたちと一緒に八雲に乗り、実務練習を繰り返していた一員だろう。必ず、Oの名前もあるに違いない。

ページを緩め慎重にページを繰っていくと、とうとうOの名前にたどり着いた。

次の異動先には「伏木港湾警備隊付被仰付」とある。伏木港湾警備隊への配属を命じられた、との意味だ。発令は、昭和二十年五月一日であった。

「終戦を掃海艇長として、富山県の伏木で迎える」というのは、嘘ではなかったようだ。

伏木港湾警備隊の行動

あとは、伏木港湾警備隊が終戦までどのような行動をとっていたのかを探ればよい。

Oへの辞令を調査した時と同じく、アジア歴史資料センターのウェブサイトから、防衛省防衛研究所の所蔵資料を検索した。

だが、「伏木港湾警備隊」では、全くヒットしない。検索ワードを「伏木港」に変えてみても、港の修繕工事計画書など、出てくるのは関連がなさそうなものばかりだ。

伏木を省き、一般名称である「港湾警備隊」で検索すると、ようやく関係のありそうな文書がいくつか引っ掛かった。

そもそも、「港湾警備隊」とは、どういった部隊なのか。

先の大戦末期、じわじわと日本本土に迫ってくる米軍に対し、日本軍は本土決戦の備えを進めた。その一環で、昭和二十年五月以降、海軍は港湾の警備に重点を置くため、各地の船舶警戒司令部を港湾警備隊に編成していったのだという。

基本的な任務は、港湾内の対空、対潜警戒などの警備だったようだ。これに加え、米軍が機雷をばらまいたような港湾では、機雷掃海も主要な任務の一つだったとみられる。

富山県のホームページによると、伏木港は万葉の時代から利用され、歴史のある港なのだという。戦時中は、中国大陸や朝鮮半島と結ぶ拠点港としての役割も果たしていたのだろう。そんな伏木港をはじめ、青森港や名古屋港、門司港など日本本土のほか、満洲の大連港や朝鮮半島の清津港など、港湾警備隊は各地の重要港湾に置かれた。

終戦間際に設立された部隊であるせいか、残されている文書は昭和二十年九月や十月など、終戦後に作成されたものが多い。終戦に伴い、連合国に引き渡すための艦艇や軍需品などの目録のほか、弾薬の保管数調査といった書類が散見された。

戦時中に作成された書類は少ないが、参考になりそうなものとして、「七尾港湾警備隊」の戦時日誌が見つかった。

七尾港（石川県）は、能登半島の東側にある。富山湾の西側にある伏木港からは、ちょうど北に位置する。隣り合っているといっても過言ではないほど近い。戦時中の状況は、極めて似ていたと考えられる。

七尾港湾警備隊の戦時日誌は、昭和二十年七月分である。この戦時日誌を読み解くことで、伏木港湾警備隊の活動の一端が垣間見えないだろうか。

戦時日誌は通常、一般に言うところの「行動記録」から記されている。七尾港湾警備隊の行動記録である「作戦経過の概要」は、七月十日から始まっていた。

華々しい戦闘ではなく、作戦はいきなり、「掃海」であった。

七尾港湾警備隊には、全部で十二隻の掃海艇が配備されていたようだ。それぞれの掃海艇について、どんな掃海具を用いて、どの海面を掃海したのか、分刻みで詳細に記録されている。

例えば、第一六二号駆潜特務艇の動きを抜き出してみる。なお、駆潜特務艇とは、沿岸部の哨戒や対潜警戒に用いられた小型艇である。この型は、基準排水量百トンそこそこしかないが、小回りが利き機雷掃海にも用いられた。昭和十八年から終戦まで大量に建造され、同型艇が伏木港湾警備隊にも配備されている。

そんな、第一六二号駆潜特務艇の動きはこうだ。

七月十日は午前五時半に七尾桟橋を出港、午前六時十七分に小口水道の掃海開始、午前七時半に掃海終了、午後六時四十分帰着、となっている。使用したのは五式掃海具との記述もある。

ほかの掃海艇も、掃海具や掃海する海域が異なるだけで、早朝に港を出て夕方から夜間にかけて帰着するという、ほぼ同様のタイムスケジュールで掃海作業を行っている。

戦時日誌によれば、七月十日以降、三十一日まで連日、掃海艇は同様の作業を繰り返した。

「発音弾により機雷一個処分」とか、「観音崎にて音響機雷二個処分」「本日の処分機雷一個（磁気機雷）」など、掃海に成功し、機雷を処分したとの記録もちらほらと目につく。

もっとも、処分する機雷が多い日には作業時間が延び、帰着が午後十時近くまでずれ込んでいる。乗組員たちには、大きな負担になっていたことだろう。

「出発するも視界不明にして作業不可能なるを認め取止む」と書かれている箇所も数カ所あった。天候不良により作業ができなかったようだ。だが、所属している十二隻の掃海艇にこの作業中止の日を割り振れば、予期せぬ「休日」は単純計算で一隻当たり一カ月に一回あるかないかに過ぎない。

ほとんどの掃海艇は、ほぼ一日も休むことなく掃海作業に従事していたことが分かった。

こうした作業を余儀なくされたのは、米軍が間断なく機雷を投下し続けたからに他ならない。

米軍は日本の主要港湾を機雷で封鎖し、日本人に一切の食料供給を断つ「餓死作戦」を実行した。昭和二十年三月以降、米軍は爆撃機から機雷を投下する作戦を開始し、手始めとして関門海峡や瀬戸内海を封鎖した。

次に東京や大阪、名古屋といった太平洋側の主要港を目標とし、昭和二十年五月以降は日本海側の港湾の封鎖に乗り出した。朝鮮半島との航路の遮断を狙ったのである。七尾港や伏木港は、まさにその攻撃対象だった。

富山市のホームページによれば、伏木港には昭和二十年五月二十五日に空襲があり、機雷が投下された。以降、七月二十五日まで計八回、米軍によって機雷がばらまかれたという。ちなみに、五月二十五日にあった最初の空襲の際、米軍は七十機の爆撃機から六回にわたり、計三百個の機雷を投下したとされる。これにより、伏木港で船舶の航行はできなくなってしまった。

朝鮮半島や満洲から食料や物資を受け入れる拠点として、日本海側の港は復旧が急がれた。伏木港も同様だ。伏木港湾警備隊、とりわけ掃海艇は、八月の終戦まで休む暇もなく機雷を掃海し、航路をひらく任務に追われていたのだろう。

機雷は、船舶のスクリュー音や船体の磁気など、様々なものに反応して爆発する。掃海は、技術の進んだ現代でも、常に危険と隣り合わせだという。隊員は任務の際、必ず新品の下着を身に着けるという話もある。

Oは昭和二十年五月一日に伏木港湾警備隊に配属されてから、文字通り命がけで、任務をこなし続けたに違いない。さらに、掃海艇の艇長として大勢の部下の命も預かっていたわけで、二重の重圧に耐えていたともいえる。

終戦までの三カ月ちょっととはいえ、大変な日々であったことは想像に難くない。だが、そうであればこそなお、回天を搭載した潜水艦に便乗したり、回天搭乗員と接触したりするのは、到底、不可能だったのである。

第四章　再び、大津島へ

現地への取材

「十八歳の回天特攻隊員の遺書」の真贋について、主にインターネットを活用して作業を続けているうち、季節はいつの間にか夏にさしかかっていた。

この遺書の「元ネタ」は、元海軍士官であるOの動画や講演であることは間違いない。だが、Oの経歴の検証から、回天やその搭乗員との関わりは、一切なかったことが明らかになった。「十八歳の回天特攻隊員の遺書」は、創作されたものである可能性が濃厚になったといえる。

そうなると、次の問題が出てくる。Oはなぜ、遺書を創作したのか。その動機である。

例えば、金。

回天搭乗員から遺書を預かった生々しい場面を講演で語れば、感動的な遺書の内容とも相まって、反響は大きいだろう。全国あちらこちらから、講演の依頼で引っ張りだこになるかもしれない。そうなれば確かに、いくらかの謝礼は稼げそうだ。

だが、素人の講演では、せいぜい一回数万円程度である。言葉は悪いが、遺書の創作が割に合うとはとても思えない。ばれたときのリスクを天秤にかければ、容易に想像がつく。

では、名声か。

それも、考えにくい。Oは、友人である回天の搭乗員から遺書を預かったと話し、遺書の中身を紹介しているだけである。O自身の「英雄的行為」には、何ら触れていない。

そもそも、遺書の話を始める前から、Oには教育参考館の「初代館長」という、元海軍士官にとっては十分すぎるほどの肩書があるではないか。

「名誉」も「金」も理由でないのなら、一体、何がOを創作に走らせたのか。

ここまでくると、もはや、東京にいて解決できる疑問ではなくなっていた。

幸い、七月に入り、新型コロナウイルスの感染者数は落ち着きを見せつつあった。

東京では、全国で最後まで緊急事態宣言が出されていたが、五月下旬には解除された。もう少しで、解除から丸二カ月がたとうとしていた。

反面、戦後七十五年の節目である八月十五日までは、あと一カ月足らずしかない。

Oの出身地である広島で、知人や家族ら、Oを知る人に彼の人となりを尋ねてみたい。Oは一体、どんな人物だったのか。

回天の出撃基地であった大津島にも、もう一度訪問したい。本物の遺書を目にすれば、記事にするときの新たな切り口が生まれるかもしれない。回天記念館での取材をはじめ、遺書が創作であるという「だめ押し」の根拠も必要だ。

そして何より、山口県下関市に住む山本さんに直接会って、話を聞きたい。

山本さんは、「十八歳の回天特攻隊員の遺書」の真贋を見抜き、真っ先に創作疑惑を訴えてきた人である。Oが創作した動機や理由について、どう推測しているのか。記事にするうえで、山本さんの考えは是が非でも、聞いておきたかった。

インターネットでの「取材」は、もう限界だった。手詰まりの中、突破口を開くには現地取材が欠かせない。戦後七十五年に記事を間に合わせるための、タイムリミットも迫っていた。

新型コロナウイルスの感染者が減少に転じてきたこのタイミングを逃すと、次はいつ、現地取材に行けるか分からない。多少の無理はしても、今しかないと思った。

とはいえ、取材は相手のあることだ。落ち着いてきたとはいえ、東京は新型コロナウイルスの感染者がまだまだ出ている。全国で最も多い。不快な思いをさせる程度ならまだしも、取材相手に恐怖を与えては本末転倒である。

果たして、取材に応じてもらえるのか。まずは、山本さんに事情を説明して、対面での取材をお願いした。

山本さんに電話をかけ、「十八歳の回天特攻隊員の遺書」の創作疑惑について、取材のきっかけとなったメールのお礼を述べつつ、こう切り出した。

「戦後七十五年の節目に、この遺書を記事にしたいと思っています。遺書の創作の事実はもちろんですが、なぜこんなことが起きたのか。その背景を探ることは、社会的な意義も大きいと考えています。先の大戦が遠くなる中、今解明しておかないと、今後も同様の問題が生じかねません。コロナ禍の状況は重々承知しているのですが、直接お会いして、ぜひ取材をさせてほしいのですが……」

恐る恐る申し出た私に対し、山本さんは二つ返事で了承してくれた。

「私もこの遺書のことはぜひ、新聞で取り上げてほしいと思っています。取材に来ていただけるのは、むしろありがたい限りです。私に協力できることがあれば、いくらでも協力しますので、どうぞお越しください」

拍子抜けするほどあっさりと、取材の段取りが決まった。新型コロナウイルスの流行をものともしないほど、山本さんの遺書に対しての問題意識は大きかったということだろう。

取材場所は、山口県周南市の大津島に決まった。回天の基地があった大津島は、創作遺書の取材の「舞台」としては、これ以上ない場所である。

この取材に合わせて、二人で周南市回天記念館を訪問しようとも約束した。館長やスタッフら回天記念館への取材は、「出たとこ勝負」である。

失礼を承知で、あえて事前に取材の連絡はしないでおいた。もちろん、理由がある。

手ぬぐいや缶詰などの「回天グッズ」に遺書を使用し、製作・販売しているのは、周南市の観光コンベンション協会（観光協会）である。周南市が直接手掛けているわけではないものの、公的な機関であり、市とのつながりは深い。

今回の取材ではどうしても、この遺書をグッズに用いた行為に批判的な見方をせざるを得ない。事前に連絡することで、妙な警戒心を持たれたり、コンベンション協会に話が伝わったりする可能性も捨てきれないと考えた。

こういう場合、「アポなし」の突撃取材に限る。その場で事情を説明し、素直な見方や考え方を聞けばよいのだ。

山本さんは、平日は仕事で忙しいらしく、なかなかスケジュールが空かない。取材の日取りは、七月二十六日の日曜日になった。山本さんに取材依頼の電話をかけてから、わずか一週間後だった。

山本さんの熱い思い

令和二年七月二十六日。羽田空港を早朝に出発するスターフライヤー便に乗り、山口宇部空港に到着した。山本さんとは、空港で待ち合わせた。ありがたいことに、マイカーで迎えに来てくれるという。

山口宇部空港は、ターミナルが一つのコンパクトな空港だ。飛行機を降りて少し階段を下れば、すぐに到着ロビーに着く。ゲートをくぐると、出迎えの人はちらほらとしかいなかった。機内もガラガラだったし、やはり新型コロナウイルスの影響で、飛行機に乗る人は少なくなっているのだろう。

到着ロビーを少し見渡しただけで、すぐに分かった。山本さんの手掛かりは、年齢が三十代ということだけ。だが、この年代に該当する若い人は一人しかいなかったからだ。

山本さんも、すぐに私に気が付いたようだった。

お互いに、目を合わせたまま歩み寄る。

「山本さんですか？」

「大森さんですか？」

ほぼ同時に声をかけ、「初めまして」とあいさつを交わした。山本さんはすらりと背が高く、三十代前半という年齢相応、あるいは少し若く見えるくらいの外見である。穏やかな好青年といった印象を受けるが、眼鏡の奥には、意志の強そうな目が輝いている。曲がったことは許さないという、正義感を宿していそうだ。

「朝早くからお疲れでしょう。少しどこかで休憩しますか？」と、山本さんは気遣ってくれる。

だが、下関市から山口宇部空港まで車で来てくれるのと、羽田空港からのフライト時間は、大して変わりないような気もした。

「いえいえ。こちらこそわざわざ迎えに来ていただいてありがとうございます。時間も限られているので、早速取材に向かいたいと思います」

こう答えると、山本さんは笑顔でうなずき、乗ってきた車に案内してくれた。

「少し急げば、徳山港を午前十時四十分発のフェリーに間に合うと思います」

山本さんは、フェリーの時刻まで調べてくれていたようだ。何はさておき、まずは大津島に向かうことを決め、出発した。

渋滞に引っかかることもなく、順調に高速道路を進む。徳山港までは、カーナビの表示だと一時間ちょっとあり、互いの身の上話にも花が咲いた。

山本さんは、下関市に移住する前は横浜市に住んでいたのだが、なんと、地元が私と同じだった。通っていた中学校も高校も、よく知っている。高校に至っては、中学時代に受験を考えたこともあったくらい身近だ。年齢を聞くと私より三つ歳下であったから、学年でいくと中学校も高校も入れ違いになる。共通の知り合いこそいなかったものの、不思議な縁を感じた。

私は普段、オカルトやスピリチュアルといった類の話はあまり信用しない。だが、こと先の大戦の取材に関しては、見えない力の存在を感じることが少なからずあった。

「今回の取材、なんだか幸先が良さそうだ……」

車の助手席に体を沈め、私は思った。

山口宇部空港から、およそ一時間。徳山港に着いたのは大津島行きフェリーの出発時間ぎりぎりで、何とか滑り込んだ。こんな細かいところにも、今回の取材のツキを感じてしまう。

徳山港から大津島に向かう船には、通常のフェリーと高速船と、二種類ある。タイミングよく乗船できたのは、通常の船だった。高速船なら三十分弱のところを、約一時間かけて航行する。

地元の人に加え、相変わらず船内には釣り客の姿が目立つ。

だんだんと大津島に迫る中、山本さんの気持ちも盛り上がってきたようだ。船内で、熱い思いが止まらなくなった。

「Oのしたことを、僕は絶対に許せません。戦死した回天搭乗員たちへの冒瀆ですよ。動機は想像するしかありませんが、意地悪な見方をするならば、遺書の話をすればよく講演を聞いてくれたとか、そういったことでしょう。悪気はなかったのかもしれません。いずれにせよ、ゆるぎない事実として、自分の話のネタにするために嘘をつき、回天の搭乗員をある種、だしに使ったわけです」

私は黙ってうなずく。

「もう一つ許せないのは、周南観光コンベンション協会の対応です。僕は遺書が創作の疑いが濃厚だと気付いた時点で、『使用すべきではありません』と、協会に電話を入れたのです。でも、全くのなしのつぶてでした」

「回天グッズを作るなとは言いません。町おこしには必要な事業なのでしょう。でも、作るなら正しい歴史に基づいて作るべきです。だって、本物の遺書を残した搭乗員たちは、たくさんいるわけですから。仮に、創作遺書だと知らずに使ってしまったのだとしたら、僕が指摘した時点できちんと調べるべきです。誤りを認め、販売を取りやめるとか、いくらでも対応できるはず。なあなあで済ませる話ではありませんよ」

山本さんは、ますますヒートアップする。

「コンベンション協会が全く対応しないのを見ると、僕は別の理由があるのではないかと勘繰ってしまいます。本物の遺書を使うには、遺族の許可を得るのが難しいとか、行政上の事務手続きが煩雑だとか、そんな理由です。お役所仕事丸出しですよね。もちろん信じたくはありませんが、もしそれで創作遺書を使ったのだとしたら、ますます許しがたい。そうは思いませんか?」

全くの正論であった。

誰かを一方的に糾弾するわけではなく、事実として誤っていることだけを、きちんと改善すべきだと指摘している。言い方は少々過激かもしれないが、考えに偏りもない。極めてバランス感覚のとれた人物だと思った。

山本さんは、なぜここまで回天に熱くなれるのだろう。回天研究のために転職し、生まれ育った横浜を出て下関に移住する——。なかなかできることではない。

気になって尋ねたら、その理由を教えてくれた。

「実は、僕の祖父が戦時中、山口県光市にあった光海軍工廠(こうしょう)で回天の特眼鏡(注:通常の潜水艦でいう潜望鏡）を作っていたのです。工廠の工員という訳ではなく、学徒動員だったのですが。幼いころにその話を聞いて回天に興味を抱き、どんどんのめりこんでいってしまった次第で……」

決して人を値踏みするつもりはないのだが、私は取材の際、なるべく相手のバックボーンを尋ねるようにしている。

職業でも趣味でも研究でも、その道に進んだり、選んだりしたのはなぜなのか。仮に育った環境が影響したのなら、両親や祖父母ら家族から何を学んだのか。

目の前の取材相手は、信用に足る人物であるか否か――。その人自身の依って立つ存在の有無、分かりやすく言うと心に「芯」があるかないかによって、信用度が何となく垣間見えるような気がしていた。

少し照れくさそうに話してくれた山本さんの答えを聞き、私は改めて確信した。山本さんは、取材相手として間違いなく、信用に足る人物である、と。

山本さんの回天に対する熱いトークを聞いていると、一時間はあっという間だった。気が付くと船内には、間もなく大津島に到着するとの案内放送が鳴り響いていた。いよいよ、楽しみにしていた現地取材である。

「勇士の略歴」を記した新聞

久しぶりの大津島は、以前と全く変わりなかった。

相変わらず、「ようこそ　回天の島　大津島へ」と書かれた大きな看板が、威圧感たっぷりに出迎えてくれる。

このまま回天記念館に向かってもよかったのだが、ちょうどお昼時でもあり、食事がてら、まずは山本さんに詳しく話を聞くことにした。島で唯一と思われるレストランに入り、名物のカレーで腹ごしらえする。食後のアイスコーヒーが運ばれてきたところで、ノートを取り出し山本さんへの取材を始めた。

「まず伺いたかったのが、山本さんが創作遺書に気が付いた理由です。なぜ、この遺書が創作だと分かったのですか？　そもそも、最初に遺書を目にしたのはいつなのですか？」

一番気になっていた点を、真っ先に尋ねた。

「インターネット上で初めてあの遺書を見たのは、もう十年近く前でしょうか。まだ横浜にいた頃でした。『ああ、なんていい遺書なのだろう』って最初は感動しました。それで、こんないい話をしているのは誰なのか気になって調べたところ、ユーチューブで〇の動画を見つけたのです」

やはり山本さんも、最初は「いい話」から入ったらしい。当然だろう。あの遺書は素直に読めば感動しないはずがない。

だが、しばらくしてどうにも違和感が拭えなくなったのだという。

「Oがユーチューブの動画で語っていた内容があまりにおかしいなと。そもそも、戦争末期にマーシャル群島に特攻基地を作りに行けるのかな、というところから始まって、次々と不自然な点に気付きました」

Oが語っている内容は本当に正しいのかどうか、検証を始めたのだという。

巨大な看板

「海軍辞令公報」をたどり、Oの軍歴を調べた。回天とのかかわりは一切なかったことを突き止めた一方、兵科第四期予備学生出身の海軍士官であったことは間違いないとの結論に達した。

昭和五十七年版の、兵科第四期予備学生の名簿も確認した。確かに、Oの名前はあった。出身校は立命館大学法学部、最終所属は「伏木港湾警備隊」と記載されていたという。Oの語った話は、回天

にかかわる部分を除けば、ほぼ事実であった。

山本さんは、皇学館大学での講演をまとめたOの著書『戦歿学徒の心』にもたどり着いた。Oが、遺書の執筆者として「太一」と名前を出した講演である。

回天搭乗員で、戦死した今西太一大尉との相違についても調べ上げた。今西大尉の本物の遺書の中身から、母親とは死別していた可能性を先に指摘したが、この点について、山本さんは裏付ける資料を発掘していた。

山本さんは、当時の新聞のコピーを持参してくれていた。昭和二十年三月二十五日の朝日新聞である。

アイスコーヒーをわきによけ、テーブルの上に広げる。

折りたたんであったコピーを広げると、一面トップに「新鋭特殊潜航艇・神潮隊の偉勲」と、大きな横書きの見出しが躍っていた。記事にはこう書かれている。


「海軍省公表　昭和十九年十一月以降中部、南東各太平洋方面敵前線基地に対し、数次に亘り敵中挺身奇襲攻撃を決行、敵に甚大なる損害を與（あた）へたる神潮特別攻撃隊菊水隊員及金剛隊員に対し連合艦隊司令長官は夫々（それぞれ）次の如き感状を授與（じゅよ）し、此の程右の旨上聞に達せられたり」

戦死した回天搭乗員に連合艦隊司令長官が感状を与えるとの趣旨である。回天作戦について、初めて公に発表された記事だと思われる。

授与の対象者として、記事には当然、初陣で出撃した今西太一大尉の名前もあった。だが、それだけではない。なんと、「勇士の略歴」として、自宅の住所や家族構成まで書かれていたのである。

当時は名誉なことだったとはいえ、ここまで赤裸々に個人情報を明らかにするのは、今の新聞ではとても考えられない。まさに、時代背景というほかない。

ともあれ、この略歴によれば、今西大尉の家族構成は「父浅吉氏、養母ユキさん、妹フミさん」である。今西大尉の遺書の中身から推測した通り、実の母親とは死別していたことは間違いなさそうだ。養母に「お母さん」と呼びかける遺書を残すとも考えにくい。

「こうした数々の証拠類から、Oには回天にかかわった軍歴はなく、遺書を受け取ったという話の裏付けはとれないことが分かりました。したがって、この遺書は創作ではないか。僕としては、そう結論付けたのです。しかし、創作であるにもかかわらず、なぜ遺書は広まってしまったのかが大いに疑問です。しかも、周南観光コンベンション協会がそれに手を貸すような真似までしている。今、事実を明らかにしておかないと、嘘が独り歩きしてしまう。僕はそれが恐ろしくて仕方ありません」

山本さんは、私の目をじっと見据えて訴えた。

「すみません、この話になるとついつい熱くなりすぎてしまって……」

黙り込んだ私を見て、山本さんは場を取り繕うように照れ笑いを浮かべた。

だが、山本さんが危惧したように、回天への思いに圧倒されたとか、「引いた」とかいうわけでは全くなかった。むしろ逆だ。よくここまで独力で調べ上げたものだと、かける言葉を失うほど、その熱意に感嘆していたのである。

「いえ、そうではありません。確かに山本さんのおっしゃることは極めて説得力があります。私も○の軍歴など少し調べましたが、遺書が創作である可能性は極めて高いと思います。戦争から時間がたてばたつほど、嘘がまことになってしまうというか、歴史の検証は難しくなります。戦後七十五年の今だからこそ、新聞で伝える意義は十二分にあるでしょう。私も記事にしたい。でも、まだハードルがあります。新聞に書くとしたら、もっと決定的な根拠が必要になるのです。今の段階は、あくまで濃厚な『疑い』に過ぎません」

「確かにそうかもしれませんね……。記事にするのは難しそうですかね？」

山本さんの表情が一気に曇り、気の毒なほど肩を落とした。そんな山本さんを、励ますような思いで口にした。

「私が今日の取材を大津島でやりたいと言ったのは、実はそのためでもあるのです。周南市が運営する回天記念館。ここが遺書の創作を認めたら、これ以上の根拠はありません。難しいとは思いますが、一緒にトライしてみませんか？」

「ありがとうございます。邪魔にならないようにしますので、ぜひご一緒させて下さい」。山本さんは顔をほころばせた。

何度も繰り返すが、この遺書を印刷した回天グッズを制作したのは、周南観光コンベンション協会である。周南市とは密接な関係にあり、いわば、身内の恥をさらすようなものだ。回天記念館が遺書の創作を認めるのは、立場上、大変難しいと考えられた。山本さんもおそらく、その困難さは重々、承知の上である。

だが、記事にするにはやるしかない。

「まぁダメもとで、『当たって砕けろ』の精神で取材するしかないですね」

山本さんと、大きくうなずきあった。

「例の遺書」

周南市回天記念館は、島の高台にある。港の近くにあるレストランを出て、つづら折りの山道を黙々と上っていく。夏の盛り、小さな島は海に近いせいか湿度が高く蒸し暑い。二人とも文字どおり、汗が滝のように流れ落ちた。

最後の階段を登りきると、ようやく回天記念館だ。白い石畳をまっすぐに進むと、記念館の正面入り口が見えてくる。二人とも息が上がったまま、エアコンのよくきいた建物に飛び込んだ。

カウンターでチケットを購入し、入館手続きを済ませる。受付には年配の女性が一人だけだ。私達二人以外、ほかの来館者もいない。館内は空調音が響くだけで、しんと静まり返っている。

展示されている回天搭乗員らの遺書をもう一回、読み返してみたい誘惑にかられたが、まずは取材が最優先である。

「もし館長さんとか、ほかの職員がいるようなら呼んでもらいましょうか」。山本さんに小声で話しかける。

「そうですね」とうなずく山本さんの返事を聞いてから、受付の女性に尋ねた。

「急な訪問で申し訳ないのですが、今日、館長さんや、どなたかほかの職員さんはいらっしゃいますか？　私、産経新聞の記者で大森と申します。もしいらっしゃったら、少しお話を伺えないでしょうか。突然ですみません」

名刺を差し出すと、年配の女性は「少しお待ちください」と言い残し、奥の事務所に消えた。すぐに出てくると、「館長は本日不在なのですが、職員がすぐ参りますのでこちらにどうぞ」と、中に案内してくれた。

「日曜日なので正規の職員がいる確率は五分五分かなと思っていたのですが……。ラッキーでしたね」。山本さんが、独り言のようにつぶやいた。

回天記念館は、展示物のわりに小さな建物だ。来客専用の応接スペースなど用意されていないに違いない。おそらく、職員の休憩と来客用を兼ねているのだろう。事務所の隅に、木製の長テーブルが置かれている。そこに、向き合うように何脚か並べられたパイプ椅子を勧められた。

二人で並んで腰を下ろし、緊張しつつ職員を待つ。取材をどう切り出すか、頭の中では何度もシミュレーションを重ねていた。

「すみません、お待たせしました」

十秒も経たずに、人のよさそうな年配の男性が緊張した面持ちでやって来た。

それもそうだろう。新聞記者がいきなり訪ねてきたのだ。特に身に覚えはなくても、「何を書かれるのだろう」と身構えてしまう気持ちは、取材を重ねていれば手に取るように分かる。

緊張をほぐすため少しでも丁寧なしぐさを心掛け、椅子から立ち上がる。突然訪問してしまった非礼を詫びつつ、名刺を交換した。

名刺には「周南市役所　文化スポーツ課　三崎英和」と書かれていた。回天記念館の運営は周南市である。記念館に常駐するのが市役所の職員であっても、決しておかしくはない。

私のあいさつが終わるのを待って、山本さんが「回天顕彰会の山本です」と名乗った。

「回天顕彰会の山本さん？　ああ、あの山本さんですか」

三崎さんは、山本さんの名前に心当たりがあるようだった。

一方の山本さんは、「どこで？　誰から？」といった表情を浮かべ、首をかしげている。

「実は、回天顕彰会に一生懸命活動されている若い方がいるという話は、お名前とともにほかの会員の方からたびたび耳にしていました。回天のことをいろいろ熱心に研究されているようで。いや、初めまして」

三崎さんは、少しだけ顔をほころばせた。

面識こそなかったものの、全く知らない仲という訳でもない。やはり、回天顕彰会で活動する三十代の若手というのは、目立つ存在なのだろう。

しかも、三崎さんはどうやら山本さんに好印象を抱いているらしい。嫌らしく聞こえるかもしれないが、今回の取材に際して、これほど都合のいいことはなかった。

ここは下手に口出しせず、山本さんに任せるのが賢明だと判断した。

私があえて黙ったままでいると、「作戦」を察したのか、山本さんが口火を切ってくれた。

「今日は突然訪ねたにもかかわらず、ご対応いただいてありがとうございます。今日、産経新聞の記者の大森さんと一緒に伺ったのは、例の遺書の取材なのです」

「なるほど。あれですか…」

三崎さんは、山本さんが「例の遺書」と口にしただけで、何を指すのか分かったようだった。

山本さんは、勢いに乗って続ける。

「そうです。ネット上で流布している『十八歳の回天特攻隊員の遺書』のことです。あの遺書は極めて不自然な点が多く、私は創作ではないかと思っています。事実でないことが、事実のように出回っているのです。私にはとても耐えられませんし、戦死した回天の搭乗員たちに対して申し訳が立ちません。あの遺書は事実でないときちんと報道するために、今日は大森さんが、わざわざ東京から取材に来てくれたのです」

山本さんが紹介してくれたのに合わせ、私も三崎さんを見つめ、少し頭を下げた。山本さんの熱弁は続く。

「ただ、私たちは別に誰かを非難しようとか、とっちめてやろうとか、そういうつもりはないのです。ただ、本当のことを知ってほしい。あの遺書を読んで、感動している人が大勢います。あの遺書を読みたいといって、ここ（注：回天記念館）に来た人もいると聞きました。でも、ここにそんな遺書はありません。がっかりして帰っていったそうです」

山本さんは一呼吸入れ、さらに続けた。

「私がもっと許せないのは、実は観光コンベンション協会の対応なのです。三崎さんもご存じだと思いますが、手ぬぐいとか缶詰に、あの遺書を印刷して販売していますよね。別に、回天グッズの販売が許されないと言うつもりはありません。でも、事実でないものを使うのは絶対にダメです。歴史を歪めてしまうのですから。グッズの件も含め、作り物ではなく、本物の搭乗員たちの遺書をきちんと後世に伝えていくべきだと僕は思うのです」

山本さんが言葉を切ったタイミングで、私も口をはさんだ。

「今年は、もう戦後七十五年です。当時を知る人はどんどん亡くなっています。事実に反することは、今きちんと訂正しておかないと、定着してしまう可能性が高いのです。誰も語る人がいなくなったとき、創作された遺書が本物として残るでしょう。悲しさを通り越して、私は恐ろしささえ、感じます。大げさではなく、それは歴史の改変だからです。今ならまだ食い止められると思うのです」

二人で、交互に畳みかけた。

三崎さんはテーブルに目を落とし、じっと一点を見つめ続けていた。何か、考え込んでいるようだった。

数秒はそうしていただろうか。ふっと大きく息を吐き、誰に言うともなく、独り言のような口調で漏らした。

「まぁ、これもいい機会かもしれないな」

一言こうつぶやくと、三崎さんは顔を上げた。私たち二人をそれぞれ見つめ、吹っ切れたように語りだした。

「私自身、例の遺書は問題だと思っていたのです。でも、記念館としてはどうすることもできず、ずるずるとここまで来てしまっていました。観光コンベンション協会の回天グッズに使われた件も、もちろん把握はしていました。でも、何もせず黙認というか、それも、結局そのままにしてしまった…」

その瞬間、三崎さんは少しだけ悔しそうな表情を浮かべた。

「最初にあの遺書を目にしたのは、私もインターネット上でした。もう十五年近く前だったと思います。『ずいぶんいい遺書が残されていたのだな』と思った記憶がありました」

「矛盾に気が付いたのは、回天記念館の研究員として、ここに着任してからです。遺書の書き出しがまず、おかしいなと思いました。『お母さん、私はあと三時間で祖国のために散っていきます』とあったでしょう？　この遺書が書かれたとされる時期には、回天作戦は航行艦襲撃に切り替わっていたはずです。まさに航行中の敵艦を発見して攻撃するわけですから、普通、三時間も前に準備できるほどの余裕はないはずなのです」

「そこから遺書の話をしている人、Oですよね。彼を見つけて、調べてみたら、その他にも不自然な点がたくさん出てきました。私もこの遺書は創作だと考えるようになりました。それを証明する資料がないか、ここの事務所にも昔の書類は残っていますから、時間を見つけては注意して探していたのです。少し、待っていてもらえますか」

三崎さんはいきなり立ち上がり、事務所の奥に引っ込んでしまった。本棚から何かを引っ張り出す音がしたかと思うと、ブルーの分厚いファイルを抱えて戻ってきた。

再びパイプ椅子に座り、大量の紙資料が綴じられたファイルを繰り始める。

「ああ、ありました。これです。これを見てもらったら、すべての答えになると思います」

三崎さんは、ファイルからA4サイズの薄い冊子だけを取り出し、私たちに見せてくれた。

遺書の創作が確定

表紙には「まるろくだより」と書かれていた。

回天の元搭乗員ら、当事者たちで作る組織「全国回天会」の会報である。今から二十年前、平成十二年四月に発行された第二十三号だった。

開いてみると、会員の近況報告や季節に絡めたコラムなど、いわゆる、会報らしい中身が掲載されている。特攻戦歿者慰霊祭の開催日時や場所の案内なども載っているのが、一般的な会報との違いといえるだろうか。だが、それが三崎さんの言う「答え」とも思えない。

何を読ませたいのかといぶかりながらページをめくっていくと、太い字で書かれたある見出しに目が釘付けになった。

「神宮皇学館大学への要望」

思わず、山本さんと顔を見合わせてしまった。Oが遺書の話をし、本にまとめた講演の件ではないのか。慌てて、読み進める。

見出し以下、本文は次のとおりであった。

「皇学館大学講演叢書の中に『戦歿学徒の心』と題した一冊の叢書が平成七年十二月に発行されていた。同大学戦没学徒慰霊祭の祭典後にO氏（本文では実名）により『戦歿学徒の心』と題した講演があり、それを同氏了解の下に出版されたもの、尚同氏は兵科四期予備学生出身であるが、その内容に我々としては承知出来ない記述が見られたので、この程全国回天会が抹消要望を申し入れた所、早速、大学側からその要望を容れていただいた」

回天搭乗員ら、当事者がOの講演内容について異議を申し立てていたのである。『戦歿学徒の心』をもとに講演の内容を全文掲載した後、全国回天会としての注釈が添えてある。

「（Oが講演で話した）四月の出撃は四月三日多々良隊四四潜、四月二十日天武隊四七潜、二十二日天武隊三六潜、六日該当無し。太一というのは菊水隊三六潜今西太一少尉のみ、京都出身であったが、既に母は亡くなって父と妹のみだった。今西少尉は慶応出身、三期予備学生、O氏は立命館出身、四期予備学生。回天にいても会ったことはない筈」

山本さんや私が調査によって解明した事実は、ほぼ正確であったと、当事者たちによって証明されたわけである。

全国回天会の申し立てに対し、「皇学館大学担当者より」と題して、大学側から寄せられた書簡を公開している。書簡は、皇学館大学文学部神道学科教授・同神道博物館館長、伴五十嗣郎氏の名前で書かれていた。

「九月十二日付の要望書を受領、拝読致しました。誠に以て青天の霹靂、当時慰霊祭の計画と実施の任にありました者として、実に慚愧にたえず、心から御詫び申し上げる次第でございます。御指摘の件々、小生と致しましては一言の弁解もなく、全国回天会の皆様には、ただただ申し訳なく、何より慰霊の誠を捧げました私どもの大学の戦没諸先輩、又回天の勇士英霊に対しましても御詫びの致し方なく、ひたすら御神宥を祈り上げるばかりでございます」

「そもそもO氏と小生は問題の記念講演まで一面識もなく、然るべき講演者を探す中で、その存在を知りました。（中略）調査もせず全く信用してしまい、講演依頼に踏み切ってしまいました事、本当に恥じ入るばかりでございます。（中略）講演を聞いた学生たちの多くが、目に涙を溜め感激の様子でありましたので、講演叢書としての活字化を決意し、当日の録音テープから原稿を起し、O氏へ送って添削を願い、そのまま発刊した次第であります。そこに重大な虚言があるとは、夢にも思いませんでした」

「この上は、御要望書にあります通り、この書の再刊は決して致しません。又、新たなる販売・配布は停止し、絶版と致しますので何卒御休心ください」

皇学館大学は一切反論することなく、Oの講演には「虚言」があると認めていた。そして、Oの著書『戦歿学徒の心』については、絶版を約束していたのである。

全国回天会という、いわば回天の当事者団体が、Oの講演内容について事実に反すると指摘していた――。当事者の言葉以上に重いものは、存在しない。遺書は創作であったとする、何よりの根拠になるといえる。

三崎さんによれば、二十年前のこのやり取りが、例えば新聞やテレビで報道されるなど、公になった形跡はないという。当事者たちの間では、これで「終わった話」だったに違いない。後に、「十八歳の回天特攻隊員の遺書」としてインターネット上で流布されてしまうなど、想像もつかなかったのだろう。

ちなみに、私が皇学館大学から『戦歿学徒の心』を購入したのは、先にも書いたが、この取材を始めた令和二年である。

絶版になったはずの本が、なぜ今は購入できる状態にあるのか。

後日、改めて皇学館大学に問い合わせてみたところ、当時を知る担当者はすでにおらず、詳細は不明とのことであった。もっとも、本を買えなかったら、そもそも今回の取材や調査は成り立たなかったわけで、これも怪我の功名だったといえるのかもしれない。

ともあれ、三崎さんに「まるろくだより」を提供してもらえたことによって、遺書は創作であると断定できた。

この「まるろくだより」は、原則、全国回天会の会員向けに配布される冊子であり、一般の目に触れることはない。しかも、戦後七十五年となり、回天の元搭乗員らは高齢化が著しい。現在、全国回天会の活動は、実質的に休止状態にある。会報である「まるろくだより」の発行も、平成二十一年を最後に途絶えているようだ。

混乱を避けるため重ねて説明すると、山本さんらが所属する「回天顕彰会」は、搭乗員に限らず、回天に関係する若い世代もメンバーに含まれる。したがって、今でも会の活動は継続されており、そこが全国回天会とは異なる点である。

いずれにせよ、三崎さんの協力がなければ、二十年前の「まるろくだより」を確認するのは極めて難しかっただろう。突然の訪問にもかかわらず三崎さんに出会えたことも含め、最初に感じた取材の「ツキ」は、どうやら本物だったようだ。

私は、何とも言えない充足感に満たされた。山本さんと二人で丁重に礼を述べ、回天記念館を後にした。

三崎さんは「あの遺書は創作であると、間違っているものは間違っていると、新聞で広めてください」と言って、建物の入り口まで見送ってくれた。

回天記念館の正面入り口を背にすると、下に降りる階段の取り付きまで、石畳の通路がまっすぐに伸びる。石畳の両側にはいくつもの黒い石碑が並び、その一枚一枚に戦死した回天搭乗員の名前が刻まれている。

回天記念館前の石碑

おそらく、気のせいではある。だが、山本さんと肩を並べてその通路を歩いていると、命を落とした搭乗員たちに背中を押されているような気がして仕方なかった。

現地取材の大きな目的の一つは、「遺書が創作であることの確定」である。これは、幸運が重なった結果、何とか達成できた。

だがもう一つ、大きな課題が残されている。Oはなぜ、遺書の創作に走ったのか。その「動機」である。

第五章　「罪」を負うのは誰なのか

メディア関係者への取材

回天記念館での取材を終えた翌日、私は山陽新幹線小倉駅のホームにいた。山口県から、関門海峡を渡ってすぐの九州側、北九州市である。七月二十七日月曜日、平日であった。新型コロナウイルスの影響で、普段よりは少ないのだろう。それでも、早朝のホームには背広を着た出張らしきサラリーマンの姿がちらほらと目についた。

今から新幹線に乗り、Oの出身地である広島県に向かう。

前日、回天記念館からの帰路も結局、山本さんの言葉に甘えてしまった。山本さんの自宅がある山口県下関市まで車に乗せてもらった上、宿泊するホテルの目の前に着けてもらうという、まさに至れり尽くせりであった。翌日の取材の利便性を考え、私は下関市内にホテルを予約していたのである。

別れ際、山本さんはこちらが恐縮するほど何度も頭を下げ、お礼と感謝の言葉を繰り返した。

本当は逆である。感謝の言葉は、むしろ私が何度も繰り返さなければならないのだ。

特に今回のケースのように難しい取材の場合、取材が成功するかしないかは、利害を超えて協力してくれる人の存在に大きく左右される。間違いなく、山本さんは最大の功労者であった。

「回天のことを、皆に正しく知ってほしい」――。山本さんの固い信念の為せる業だったに違いない。

だが、ここから先はもう、山本さんの力を借りることはできない。試されるのは、私自身の信念である。

山陽新幹線の小倉駅から広島駅までは、一番早い「のぞみ」に乗ると一時間もかからない。小倉駅のセブンイレブンで買ったコーヒーをゆっくりと飲んでいたら、あっという間に到着した。

取材を予定しているのは、地元のメディア関係者二人である。本人の意向により、名前と詳しい属性などは明かせない。ただ、いずれもOに取材した経験があったり、講演を聞いて交流を持ったりと、Oの「人となり」を知っている人たちだ。

Oは生前、新聞やテレビの取材を何度か受けていた。新聞記事のデータベースには、Oの記事が複数、残されている。

新聞やテレビといったメディアの世界は、広いようで狭い。特に新聞記者は全国を転々とするので、各地に顔見知りができるのだ。顔の広い人であれば、「知り合いの知り合い、そのまた知り合い」レベルなら、たいていの記者と話ができる。

決して顔の広い方ではないのだが、現地取材の直前、私も知り合いを通じて、Oの取材に携わった関係者に会う約束を取り付けていたのである。創作遺書の疑惑を説明すると、いずれも快く取材に応じると言ってくれた。

「凛としている」という印象

一人目の取材相手とは、昼前の午前中に待ち合わせた。直接対面して取材をしたのだが、相手の特定を避けるため、どこで会ったかなど、具体的な描写は控えたい。分かりやすくするため、ここでは仮に「Aさん」としておく。

電話で話したとはいえ、Aさんとは互いに初対面である。型通りの挨拶を交わした後、まずは私からこれまでの経緯と取材の意図を説明した。

「十八歳の回天特攻隊員の遺書」とされるものがインターネット上に出回っているが、これには創作の疑いがあると情報提供を受けたこと。この遺書の出所は〇の話であり、少し調べただけで不自然な点が次々に浮上したこと。今回の現地取材で、遺書が創作であると断定できたこと……。

新聞記者にとって、取材源の秘匿は最も重要である。誰に取材したのか、対象者は絶対に明かせない。だが、それ以外はほぼ包み隠さずに説明した。

電話で簡単に事情を話しただけで、取材に応じてくれる人である。下手な駆け引きは必要ない。精一杯の誠意をぶつけ、知りたいことを素直に聞けばよいのだ。

「これまでの取材を通して、Oが各地で行った講演で遺書を創作したことは間違いないと分かりました。でも、どうしても解せないのがその動機です。ありていに言うと、遺書を創作するメリットがOに全くないのです。金や名誉が欲しいという訳でもないでしょうし。ならば、一体なぜ彼は遺書の創作に手を染めたのか。本当は本人に聞きたいところですが、すでに亡くなっているのでそれもかないません。せめてその一端でも解明できればと思って、生前のOを知る人に話を聞かせていただいています」

取材の趣旨を説明すると、Aさんは「分かりました」と二、三回、軽くうなずいた。

「まず大前提として、私はその遺書の存在を知りません。ですので、Oが遺書を創作した疑いがあるということも、今初めて聞きました。もっとも、これは大森さんがお調べになったことなので、周知の事実という訳でもないのでしょうが。いずれにせよ、Oと遺書の創作は分けて考えてください。その上で、私が以前Oに取材した時に聞いた話と、その印象をお話ししたいと思います。それでよろしいですか」

やはり、誠実な人であった。自分の知っている事実と、答えられる限界を理解したうえで、きちんと取材に向き合ってくれている。私は深くうなずいて答えた。

「ええ、もちろん構いません。ぜひ、その時の話を聞かせてください」

「分かりました。どれほど取材の役に立てるか自信はありませんが、私が覚えている限りのことをお話ししますね」

Aさんはこう前置きして、語り始めた。

私がOを取材したのは、平成四年です。もう三十年近く前ですね。当時、自衛隊が初めて国連平和維持活動（PKO）に参加するということで、世間をにぎわせていました。陸上自衛隊のカンボジア派遣です。

この直前には、湾岸戦争もありました。激しい戦闘が終わった後、海上自衛隊の掃海部隊をペルシャ湾に派遣するかしないかで、国会や世論はもめにもめましたよね。平和を守る難しさみたいなものを、日本社会全体が以前よりも切実に感じ始めた時期だったように思います。

私も、そんな時代の潮流に乗って、広島県内で「戦争と平和」をテーマに、取材を重ねていました。湾岸戦争のあと、掃海艇に乗って実際に掃海作業に当たった海上自衛官とか、いろいろな方に話を聞きましたよ。もちろん、先の大戦の経験者にも、です。その中の一人に、Oがいました。

何人も取材した中で、実はOの記憶はとりわけよく残っているのです。三十年近く前の取材など、ほとんど忘れていることが多いのですが、不思議と覚えているのですね。それだけ印象が強かったのでしょう。

Oを一言で言うと、「凛としている」です。

取材をした時点で七十歳は超えていたと思うのですが（注：平成四年当時は満七十一歳だと思われる）、彼の前に出ると、自然と背筋が伸びるというか。

前に出ただけで、居住まいを正したくなるような雰囲気の人って、たまにいますよね。そんな感じの人でした。その印象が強く残っているのです。

かといって、別に圧迫感があるとか、威圧されているとか、そういう感覚ではないのです。もう、「凛としている」という言葉以外に、表現のしようがないですね。

すでに大森さんもご存じだとは思いますが、Oは江田島にある教育参考館の初代館長なのですね。取材当時はすでに退職していましたから、取材相手としては「元館長」の肩書でお願いしました。

つまり、元館長として教育参考館をどんな風に運営し、若い人たちに何を見てもらいたいか、伝えたいか。そういった話を聞かせてほしいとの趣旨だったわけです。

当然、あの戦争についても、どうとらえるのか尋ねました。

Oは元海軍士官の軍人です。愛国者でもありました。でも一方で、いわゆる偏狭的な愛国者とか、職業軍人にありがちな戦争の見方とは、一線を画していたような気もするのです。つまり、あの戦争をもっと等身大でとらえようとする意識です。

戦争の事実を足しもせず、引きもせず、ありのままを伝えたいという思い、とでもいいましょうか。戦争の現実からかけ離れ、美化することも嫌っていたように思います。

背景には、彼自身の「無念」があったような気がします。伝えたいことが正確に伝わっていないという、無念さとか歯がゆさみたいなものでしょうか。これからお話しする彼の歩みとも重なるのですが、特に特攻隊員については、並々ならぬ思いを持っていました。

特攻隊員への強い思いを説明するには、Oの歩みを紐解く必要があります。今から、それをお話ししましょう。

当時、彼に取材して聞いた話に加え、周囲の証言もありましたから、これからお伝えする彼の経歴に嘘はないと思いますよ、一応、念のためですが。

Oは戦時中、立命館大学在学中に徴兵されて、海軍士官になりました。戦後は、故郷の広島県・江田島に戻り、十年ほど家業の農業に精を出していたそうです。そんな彼に転機が訪れたのが、戦後十一年目の昭和三十一年でした。

彼の地元の江田島には、海上自衛隊第一術科学校があります。その中に、戦時中の資料を集める教育参考館が出来ました。誰に館長を任せるか、当時の第一術科学校の校長は悩んだそうですが、近くに住むOに白羽の矢を立てたそうです。元海軍士官の経歴が校長の目に留まったようだと、Oは話していました。

「言葉を尽くすよりも、たった一つの『もの』が戦争の悲惨さを雄弁に語ることがある。教育参考館にはそんな『もの』を集めたい。元海軍士官であるあなたに、館長を務めてもらえないだろうか」

校長はこういって、Oを口説き落としました。

戦後十一年、復員してから始めた農業は、ようやく軌道に乗り始めた時期だったといいます。この生活をなげうって、Oは教育参考館の館長を引き受けました。

ですが、教育参考館はできたばかり。はっきり言って、名ばかりでした。

第一術科学校は、戦時中は海軍兵学校があった場所です。進駐してくる連合国に接収されるのを避けるため、終戦と同時に書類などはほとんど焼き捨てられていました。

進駐軍が撤収した後でしたから、ボロボロになっていた進駐軍の隊舎を改修して、ようやく展示スペースだけは確保したものの、そもそも、展示するものが何もありません。結局、Oは展示物を集めるところから始めました。

彼が一番に取り掛かったのが、特攻隊に関連する資料です。今と違って、当時は名簿の入手が簡単なのですよ。戦友会だけでなく、厚生省(当時)でも、頼めば提供してくれたそうですから。いろいろな方法で特攻隊員の名簿を入手すると、全国に散らばる遺族に遺品の提供を依頼して歩きました。

遺族にとっては、死んだ息子や、夫の大事な品を、まさに「奪いに」来るに等しいですからね。一筋縄ではいかなかったはずですよ。

しかも、この時の公的な肩書は教育参考館の館長ではなかったのです。というのは、昭和三十一年当時、教育参考館は自衛隊の施設として防衛庁（当時）の認可を受けていませんでした。

特攻隊員の遺書などの展示は戦争賛美につながるのではないか、との意見が防衛庁の内部にあったようなのですね。そこでOは、第一術科学校内にある印刷所の職員の肩書をあてがわれていました。

どこの誰ともわからない「印刷所の職員」が、「息子さんの遺品を下さい」と突然、現れるわけです。警戒もされたでしょう。並大抵の苦労ではなかったでしょうね、私には想像もつきませんが。

Oは一つの例として、こんな体験を話してくれました。

名古屋市に住む特攻隊員の父親から遺書をもらった時のことです。最初、この父親にはこう一喝されたそうです。

「息子の形見だから絶対に渡せない。お前はそれでも、海軍士官か！」

言葉を尽くして説明したにもかかわらず、拒まれたらもう仕方ありません。Oはあきらめて引き返しました。

その一年後、この父親と彼の妻、亡くなった特攻隊員からすれば母親ですね。夫婦二人で、教育参考館にやって来たそうです。小さな建物ではありますが、Oは隅々まで案内しました。

この母親は足が悪かったのですね。それでOは帰り際、母親を背負って、当時の国鉄呉駅まで送りました。二人は丁寧に頭を下げ、別れました。

その直後です。この二人から、教育参考館に包みが届きました。中には、戦死した特攻隊員が使っていた白いマフラーが入っていました。そして、マフラーにはその特攻隊員自らの血で、両親への「お詫び」がつづられていたそうです。

特攻隊員として戦死すると、遺骨はまず帰ってきません。遺書や遺品は、家族にとって紛れもなく本人なのです。それを、Oに託してくれた。

Oは、こんな風に言っていました。

「まさに身をちぎられるような思いで、肉親は遺品を提供してくれたのだと思う」と。

昭和五十四年、Oは教育参考館の館長を退職しました。三十一年間の在職中、集めた資料は約一万四千点に上りました。そのうち、遺書など特攻隊員に関連する遺品は約四千点もありました。

館長を退いた後も、Oは教育参考館で講演を続けました。私が取材した平成の初め頃でも、月におよそ三回のペースで講演をしていたようです。

全くお金にならない、ボランティアみたいなものですよ。七十歳を過ぎた体では、決して楽ではなかったでしょうね。なぜ、無理を押して続けたのか。その理由を、彼の口から聞きました。

「館長を退職する時、収集したたくさんの遺品から、特攻隊員の心を語り継ぐように、と言われたような気がしたもので……」

この言葉の意味するところは何なのだろう。私は考えました。

あくまで私なりの想像に過ぎませんが、Oの心の中には特攻隊員に対する二つの見方があったような気がするのです。それは、「共感」と「神聖視」です。

つまり、Oは元海軍士官として、一歩道を違えていたら、特攻隊員になっていたかもしれないわけです。自分も命を落としていたかもしれないという境遇からくる、特攻隊員への「共感」ですね。

同時に、特攻隊員をどこか「神聖視」していた部分も、何となくですが感じました。特攻というのは、自らの命をすすんで投げ出す行為です。誰にでもできるものではありませんよ。戦時中だろうと、それは同じだと思うのです。やっぱり怖いでしょう。

Oは、自分にはできないと思っていたのではないでしょうか。語弊があるかもしれませんが、ある意味、うらやましく見ていたというか。あるいは、羨望のまなざしというか。もちろん、何度も繰り返しますが、私の受けた印象からの想像ですよ。

ただ、そうであればこそ、戦後を生きたOの信念が理解できるのです。彼は、特攻隊員を後の世に生きる世代が、良いとか悪いとか評価すること自体を、非常に嫌っていました。

「過度に美化することも汚すことも、どちらも許さない」。これが、Oの揺るぎないスタンスでした。

先ほど、教育参考館は昭和三十一年の開設当初、防衛庁の認可を受けられなかったと言いましたね。ですが、昭和三十八年になって、防衛庁からようやく、正式な認可を受けられました。

最初はわずかだった来館者も徐々に増え、平成の初期には、毎年十万人が見学に訪れていました。

広島市には原爆ドームがありますよね。そことセットで、平和学習に訪れる修学旅行の高校生なども多かったように聞いています。こうした若い世代に講演する機会も、少なくなかったのでしょうね。

Oは特攻隊員の遺書や手紙を取り上げて、「心について」とか「道徳について」など、さまざまな演題を用意して講演に臨んでいました。元海軍士官として、戦争の実体験があることは間違いないわけですから、聞いた人は胸を打たれたと思いますよ。

最後に、私が取材の際、実際に目にしたOの講演についてお話ししましょう。実は、今回の取材の趣旨を聞いて、これが一番参考になるかもしれないと思っています。

私が取材したのは、若い自衛官たちを対象にした講演でした。講演の冒頭、彼はおもむろにすり切れた和紙を取り出すと、それを読み始めました。若い特攻隊員が最後に書き残した手紙です。

紙は黄ばんでいましたが、墨で整然と書かれた字は、とてもきれいだった。

「お母さん、僕が死んでも悲しまないでください……」

細かな中身までは覚えていませんが、それは母親に宛てた手紙でした。自分は今から特攻隊員として死んでいくが、どうか悲しまないでほしい――。そんな風に、母親に訴える手紙です。

なんだか、今回問題になっている例の遺書と、似ているような気がしませんか？

いずれにせよ、手紙を朗読するOを見つめる自衛官たちのまなざしは、真剣そのものでした。少しでも聞き漏らすまいと、眉一つ動かさずに見つめていましたから。

講演の最後を、Oはこんな言葉で締めくくりました。

「イデオロギーでも感傷主義でもありません。若い特攻隊員たちが極限状態に置かれながら、いかに優しい心を失わなかったのかを伝えたいのです」

事実に足しもせず、引きもしない。特攻隊員のありのままの姿を知ってほしいという彼の願いが、あふれていると思いませんか。

以上が、私の知る限りのOの人物像です。少なからず、私の見方も混じっていたかもしれませんが……。多少は、大森さんの取材の役に立ったでしょうか。

Aさんの話は、三十年以上前にもかかわらず細部に及んでいた。それほど、印象が強かったのだろう。

Aさんの目に映ったOは、命を落とした特攻隊員たちに誠実に向き合う、凛とした元海軍士官だった。「遺書の創作」に手を染めた姿とは、あまりにもかけ離れている。

表面的な行為からでは決して読み取れなかったOの人物像が、何となくつかめたような気がした。

何よりの収穫は、特攻隊員の母親に宛てた手紙を、Oが講演で取り上げていたという事実である。「十八歳の回天特攻隊員の遺書」に通じる話ではないか。

長時間にわたり、丁寧に話をしてくれたAさんには、感謝が尽きない。何度もお礼を言って別れた。

遺書の創作に手を染めた一端

だが、この日はこれで終わりではない。もう一人のメディア関係者の元へ向かう。こちらもAさん同様に名前を出せないため、便宜上「Bさん」と呼ぶことにする。

Bさんの仕事の都合上、取材の予定時間は夕方だった。まだ、少し早い。

広島駅の近くで少し遅い昼食をとり、駅前の書店に寄って立ち読みで時間をつぶす。例によって、取材場所もBさんの意向により詳しくは明かせないのだが、広島駅から路面電車でもバスでも行けるところにある。

せっかく広島に来たのだからと、路面電車で向かうことにした。乗車時間は、約一時間である。グオーと轟音を響かせ、小まめに停車しながら走る。

道路上にはバスや乗用車があふれている。路面電車にぶつかりそうで、ぎりぎりぶつからない。何とも器用な運転である。慣れていなければ難しそうだ。広島市内での車の走らせ方を、みんな心得ているのだろう。

車窓を眺めていると、あっという間に取材場所に到着した。Bさんは、すでにお茶を用意して待ってくれていた。

「今日はお忙しい中、時間をとっていただいてすみません。電話では十分に伝わらなかったかもしれないのですが、Oについての話を聞かせてほしいと申し上げたのは、ネット上などに出回っている『十八歳の回天特攻隊員の遺書』という遺書について、取材を進めているからなのです」

今回の取材の趣旨を説明しようと思って口火を切ると、Bさんはそれを遮るように大きくうなずいた。

「ええ。実は私も、その遺書の存在は知っています。そして、Oが遺書に関わっていることも」

私は驚いた。Oが遺書を創作したとすでに知っていて、取材に応じてくれたというのか——。

困惑する私の前で、Bさんは話を続けた。

「例の遺書、Oが創作したものですよね。私はOの講演に出席したことをきっかけに知り合って、その後もO本人と交流がありました。遺書の創作に気付いたのは亡くなった後なので、本人から直接聞いたわけではありません。でも、Oはどんな気持ちで遺書の創作に手を染めてしまったのか。その一端は分かっているつもりです。それを、きちんとお話しておきたいと思ったのです」

なるほど、Bさんはすべてを承知したうえで、私の取材に応じると決めたわけだ。それだけ、強く訴えたいことがあるに違いない。

「そうですか、ありがとうございます。Bさんのおっしゃる通り、あの遺書はOの創作だと思います。なぜOは遺書の創作に走ったのか。そこが、私の一番知りたい部分なのです。ぜひ、詳しく教えてください」

Bさんは、「ええ」と軽くうなずいた。

まず、私がOと知り合った時までさかのぼりますね。

正確な日時はもう覚えていないのですが、平成の初め頃、まだ一桁だったように思います。

私自身は、まだ学生でした。

広島県・江田島の教育参考館を見学した時に、Oの講演を初めて聞きました。その時は確か、教育参考館の元館長という肩書で話をしていたように思います。

一言でいうと、とても感動しました。

彼は特攻隊で命を落とした若い人の遺書を、いくつも用意していました。それらを交えながら、彼らがどんな思いで死を選んだかを語るのです。

しかも、感動させてやろうとか、ドラマチックに仕立ててやろうとか、こういった意思は全く感じない。訥々と、あるいは淡々と言葉を紡ぐ姿が、逆に心に迫ってきた覚えがあります。

初めてOの講演を聞いた時、私はまだ二十代でした。この人は、私たち若い世代に「伝える」という行為に命を懸けている——。Oの信念をはっきりと感じました。

その後、私はメディア関係の仕事に就きました。就職した後は、今度は取材対象者として、Oとの交流は続きました。

とはいっても、それほどO本人を取り上げたわけではないのです。大森さんも戦争取材をよくなさっているから経験があると思いますが、当時の時代背景とか状況を踏まえないとよく分からないことって、この手の取材だとたまにありますよね。

私はそれほど戦争に関する知識がないので、例えばほかの人に戦争取材をしていても、よく分からないことが結構出てくるのです。そんな時、電話をかけては教えを乞うていました。学生時代から知っていると、些末なことでも気軽に聞けますからね。ついでに近況も尋ねたりして。こんな風に年に数回、電話で話をする程度でしたが、交流は続いていました。Ｏが講演の中で、回天特攻隊員の遺書を預かった話をしていることはもちろん知っていましたよ。ただ、平成十年代に入ると、あまり話さなくなっていたような気がします。年も重ねていましたし、講演そのものをやらなくなっていたのではないでしょうか。

私は、ここで口をはさんだ。

「実は、その時期がポイントだと思っているのです」

平成十一年から平成十二年ごろ、回天の元搭乗員らで組織する「全国回天会」が、皇学館大学に対して抗議した事実について、Ｂさんにかいつまんで説明した。Ｏの回天に関する講演内容が虚偽だとする、例の申し入れである。

さらに、「あくまで私の考えだが」と前置きした上で、私なりの推測も付け加えた。全国回天会からの抗議を受けた皇学館大学が、Ｏに事情を聴いた可能性は十分に考えられるのではないか、と。

Ｂさんはしばらく思案顔になると、再び口を開いた。

その事実は全く知りませんでした。なるほど、全国回天会からの抗議があったと知ったので、Oは回天の話をしなくなったと。確かに辻褄は合いますね。それに加えて年齢的なものもあり、講演自体を控えるようになったのかもしれませんね。

全国回天会の抗議が平成十二年だったとするなら、その七年後、平成十九年にOは亡くなりました。確か、地元自治体の広報誌にも訃報が載っていたはずですから、あとで確認してみてください。（注：後日、江田島市の広報誌を確認したところ、確かに平成十九年にOの訃報が掲載されていた）

実は、Oが話していた回天搭乗員の遺書について、私が疑問を抱いたのは亡くなった後なのです。

戦後六十五年の企画（注：Bさんの勤務するメディアでの戦後六十五年企画を指す）だったと思いますから、平成二十二年ごろでしょうか。特攻隊を取り上げようと思い、資料として手当たり次第に特攻に関連する書籍を読み込んでいました。その中の一つに、名前もそのまま、『特攻』という本がありました。

中国新聞の記者を長年務めた、御田重宝（しげたか）さんという方が書かれた本です。なぜ日本は「必死」の特別攻撃に踏み込んだのか。その過程を何人もの当事者に取材をし、丹念に解き明かしている。いい本ですよ。回天についても、現場の搭乗員から指揮官まで幅広く話を聞き、誕生の経緯や具体的な行動を記していました。

この本に、Oが出てきたのです。生前、Oからは本の話など何も聞いていませんでしたから びっくりですよ。Oの名前に懐かしさを感じながら、読み進めました。するとそこには、Oの証言として「回天の搭乗員に志願したがはねられた」と書いてあるのです。「あれ？」と思いました。Oは結局、回天の搭乗員ではなかったのか、と。ちょうどその時期ですよね。Oの証言をもとに「十八歳の回天特攻隊員の遺書」が、インターネット上に出回り始めたのは。私も見つけて、読みました。感動しましたよ。でも、『特攻』に掲載されていたOの証言もあり、不自然な点が多いと気付きました。「ああ、これは本物の遺書ではないな」と。

いかんせん、Oはすでに亡くなっています。生前に気が付いていれば話を聞けたのですが、それも叶わない。私としても、残念でなりませんでした。

ただ私は、Oは決して悪意があって遺書を創作したのではないと思っているのです。Oが元海軍士官であることは間違いありません。後で『特攻』を読んでもらったら分かりますが、特攻隊員になった仲間を見送ってもいます。だから、戦後は命がけで特攻隊員の遺書を収集した。まさに命を削って、です。

特攻隊員への鎮魂の思いが、Oには人一倍ありました。それをどう表現するか、どう知ってもらうか。その思いが強すぎたような気がするのです。

今の世の中、戦時中の話など興味や関心のない人が大半でしょう。そういう人たちをどう振り向かせるのか。どうしたら、特攻隊員を忘れないでいてもらえるのか。おそらくOは、試行錯誤の中で、いろいろな話を交えていったのでしょう。本人自身も、ある意味、「勘違い」していたのではないかとも思います。

Oの生活ぶりもよく知っていますが、本当に質素な暮らしぶりでしたよ。金とか富を求める人でもありませんでしたし。そうでなければ、教育参考館の館長を務めて、ほぼボランティアで特攻隊員の遺書集めに奔走したり、講演を繰り返したりなど出来ませんよ。

遺書の創作に関して、Oは絶対に意図的ではなかったと信じています。これを伝えたくて、今日は大森さんの取材を受けることにしたのです。

どんな風に記事にされるのかは分かりませんし、口出しするつもりもありません。ですが、Oの特攻隊員への思いが、嘘偽りの無いものであったという事実だけは、決して忘れないでください。

「遺書の創作」の責任

Bさんの取材を終えると、私はその場で『特攻』を注文した。スマートフォンからインターネット通販で探すと、古本ではあるが幸い在庫はあった。しかも、数日で届くとのことだった。

山口県と広島県への出張を終えて帰京後、『特攻』はすぐに届いた。回天をまとめている章に、確かにOの証言が掲載されている。該当箇所を引用する。

昭和十八年十二月十日、第四期兵科予備学生として大竹海兵団に入団したO氏（広島県安芸郡江田島町・立命館大学法学部卒）は基礎訓練後、横須賀の第二海兵団（武山海兵団）に移動、航海学校に入校後に、「回天」と「震洋」搭乗員の志願を求められた体験を持っている。

「横須賀の第二海兵団では学徒出身ばかり三千人ほど集めて専門教育をやります。六カ月後に航海、通信、電探――といった専門に分かれますが、私は同じ横須賀の航海学校に行かされました。三百五十人もいたでしょうか。

（昭和）十九年の十月ごろだったと思いますが、講堂に全員が集められて、『爆弾を抱いて体当たりする兵器ができた。搭乗員を募集している。志願者は〝熱望する〟〝希望する〟〝希望しない〟のいずれかを書いて、明朝六時までに分隊士のところまで持ってこい。体当たり兵器には限りがあり、全員が志願してもかなえられるものではない。よく一晩考えて返事をするように』

といった意味の訓示がありました。私は〝熱望する〟と書いたのですがはねられました。結局十人あまり（実際に志願した人の話によれば八十人）が行ったと思います。家庭の事情など考えて選考したのでしょう。強制的な感じはなかったですね。あのころのことですから、みんな死ぬものと思っていましたし、体当たり兵器の搭乗員として行く同期の友に、『回天』だったら何、『震洋』だったら何と手紙に暗号を書いて知らせろ、と約束した記憶があります。⑥と言ったか④と言ったかは、はっきりしないんですが」

と回想している。

はっきりとした確証があるわけではない。だがこれを読むと、Oの素直な証言に思えてならなかった。O自身の出身大学から、海軍に入った時期、教育期間。そして回天搭乗員を募った時期まで、Oの経歴や史実とすべて整合性が取れている。

回天の搭乗員には、Oと同期である兵科第四期予備学生の出身者は少なくない。幾人もの戦死者もいる。Oが「仲間」を見送ったというのは、決しておかしくない。むしろ当然だ。おそらく、この証言に嘘はないだろう。

ここまで調べてきて、私は分からなくなった。

Aさんは、Oには特攻隊員を神聖視していた部分があると言った。Bさんは、Oには特攻隊員への鎮魂の思いが人一倍あると言った。そして、興味や関心のない人を振り向かせるため、試行錯誤の中で創作遺書が生まれたのではないか、とも語ってくれた。

大津島の回天訓練基地跡

回天について、私にも多少、予備知識はある。

戦後、大津島にあった回天の基地は忘れ去られた。搭乗員たちが暮らした兵舎が取り壊された後、搭乗員の遺品は土の上に散乱していたという。戦死した搭乗員を悼む石碑は、土に埋められた。何者かが埋めたのか、自然に埋まったのか、それは分からない。誰も顧みなかったという点では、どちらでも同じだ。

戦時中、大津島には戦死した搭乗員の位牌もあったのだが、それも結局は島を追われた。戦後の紆余曲折を経て、一時期は先に紹介した回天記念館に安置され、島にとどまっていた。だが、公営の記念館に置くのは、「政教分離の原則に反する」との指摘が外部から寄せられたのだ。

戦後、多くの国民は回天を含む特攻隊の存在に目を背けた。そうして時が流れ、やがて忘れようとしていた。

Oは戦時中、特攻隊員として命を落とす仲間を間近で見送った。こんな世間の風潮を、どう感じていたのだろうか。

私は、遺書の創作を大変罪深い行為だと思う。Oの犯した「罪」は、決して軽くない。命を落とした特攻隊員たちへの「冒瀆」ではないかとの思いにも、変わりはない。

だが、そこまでOを追い込んだものにも、考え至るべきではないかと思い始めていた。Oに遺書の創作を「強いた」のは？　特攻隊員たちを冒涜し続けたのは？　そして、本当に罪深いのは？

一体、誰なのか…。

何度も言う。「遺書の創作」は、間違いなく罪深い行為である。もちろん、すべてとは言えない。だが、その責任の一端は、今を生きる私達にもあるとは言えないだろうか。

ともあれ、「十八歳の回天特攻隊員の遺書」について、記事にできるだけの材料は全てそろったのである。

第六章　記事化と反響

産経新聞朝刊一面で記事化

七十五回目の終戦記念日を控えた八月十二日。産経新聞の朝刊一面に、こんな見出しが躍った。

「『十八歳の回天特攻隊員の遺書』　元海軍士官男性　創作か」。記事の中身は、以下の通りである。

先の大戦で日本軍が開発した人間魚雷「回天」の搭乗員が書いたとされ、インターネット上に流布している「十八歳の回天特攻隊員の遺書」の作者は実在しないことが十一日、回天研究者らへの取材で分かった。元海軍士官の男性（故人）の創作だった疑いが強い。男性は戦後、特攻隊員の遺書の収集に携わっており、研究者は複数の遺書を基に創作した可能性を指摘する。

元回天特攻隊員の遺書とされるものが世に出たのは平成七年。元海軍士官の男性が皇学館大で講演し、大学が講演録にまとめた。男性は自身を回天の元搭乗員と名乗り、仲間の遺書として名前を出して披露。遺書そのものは家族に渡したとして示さなかった。

海軍辞令公報によると、この男性は昭和十九年十二月に一等巡洋艦「八雲」配属の後、富山県の伏木港湾警備隊で少尉として終戦を迎えた。防衛研究所所蔵の回天搭乗員名簿に男性の名前はない。

また、男性が遺書の書き手として名前を出した人物は搭乗員の中にいるが、戦死した時期や場所が異なっていた。遺書に書かれている家族構成も実際とは違っており、そもそもこの人物は別の遺書を残していた。

回天の元搭乗員でつくる全国回天会は平成十二年、皇学館大に抗議（注：全国回天会の会報「まるろくだより」の掲載年をとって記事では平成十二年としたが、その後の取材で、抗議自体は平成十一年の年末と判明）。大学側は謝罪、講演録を絶版とすると応じたという。しかし講演録の販売は続いており、経緯について皇学館大は「担当者が不在のため詳細は分からない」としている。

回天研究家の山本英輔氏は「似た内容の遺書を組み合わせて創作した可能性がある。戦争当事者が少なくなる中、資料の創作や改竄はどこでも起きると考えるべきだ」と指摘している。

（大森貴弘）

【用語解説】回天

通常の魚雷に一人乗りの操縦席を設けることで命中率を高めようと、日本海軍が開発した特攻兵器。「天を回らし戦局を逆転させる」との願いが込められた。先の大戦中の昭和十八年末、二人の青年士官が考案し、上層部に開発を直訴したとされる。十九年七月から搭乗員を募集。九月以降、山口県や大分県の計四基地で訓練が始まり、終戦までの九カ月間で延べ百四十八人が出撃、百六人が命を落とした。回天を搭載した潜水艦が撃沈されるなど、回天作戦全体の戦死者は千二百九十九人だった。

この一面記事は、事実関係を簡潔に説明する、いわゆる「本記」原稿である。社会面には、背景や原因などを深掘りするサイド記事も掲載した。日付は同じく、八月十二日の社会面である。

メーンとなる見出しは「特攻隊の思い　創作なぜ」。脇見出しには「悲劇伝える『遺書』ネットでも定着」「『素直な心情。それだけに悪質』」と並んだ。少々長いが、当時の記事を引用する。

> 死を目前にした特攻隊員の若者が母への思いを吐露した「十八歳の回天特攻隊員の遺書」。作者が実在せず、既に亡くなった元海軍士官の男性による創作だった疑いが浮上した。遺書の内容は多くの人の感動を呼び、インターネット上でも事実として定着している。なぜ男性は罪深い行為に手を染めたのか。戦後七十五年。戦争当事者が減少する中、戦争の真実を伝える難しさが改めて浮かび上がった。　（大森貴弘）
>
> ■特攻隊の思い創作なぜ
>
> 《お母さん、私は後三時間で祖国のために散っていきます。（中略）今日私が戦死したからといってどうか涙だけは耐えてくださいね。でもやっぱりだめだろうな。お母さん

は優しい人だったから。お母さん、私はどんな敵だって怖くはありません。私が一番怖いのは、母さんの涙です》

◆観光商品にも使用

「遺書の内容は（特攻隊員の）素直な心情を表しており、特攻隊に思い入れが深い人ほど心にすっと入ったのだろう。それだけに悪質だ」

回天研究家の山本英輔氏がこう指摘するように、遺書は当事者にしか書けないようなリアリティーにあふれた中身で、多くの人は創作を見抜けなかった。戦時中、回天の基地があった山口県周南市では、町のＰＲの一環として観光協会が手ぬぐいや缶詰のパッケージなど複数の商品にこの遺書の内容を使用、販売しているほどだ。同市の回天記念館の三崎英和研究員は「この遺書を信じて来館する人もおり、正確な情報を伝えたい」と話している。

生前の男性を知るメディア関係者（五十七歳）らによると、男性は大正十年、広島県に生まれた。立命館大在学中に海軍に入り、戦後は家業の農家を継いだ。昭和三十一年、元海軍士官としての経歴から、請われて地元の戦争資料館の館長に就任した。

農業が軌道に乗っていただけに躊躇（ちゅうちょ）しつつも、「一つの資料が戦争の悲惨さを雄弁に語る」と思い、引き受けたという。だが、資料は何もなかったため、男性は遺書などの資料を求めて、全国の特攻隊員の名簿をもとに遺族を訪ね歩いた。

当時、ある隊員の父から「息子の形見だから絶対に渡せない。お前はそれでも海軍士官か」と怒鳴られた。一年後、この父親を資料館に案内すると、後日包みが送られてきた。中には、両親へのわびを血でつづった白いマフラーが入っていたという。

遺族との面会を重ねた男性は昭和五十四年に館長を退職するまで、特攻隊員の遺書など四千点以上を集めた。中には「お母さん、僕が死んでも悲しまないでください」と、今回の創作遺書と類似した母への手紙も含まれていた。男性は全てに目を通していたという。このメディア関係者は「特攻隊員の等身大の姿を伝えたいとの思いを強く持ち、必要以上に美化されることは嫌っていた」と振り返る。

◆共感も無念も抱え

昭和六十三年に出版された『特攻』(御田重宝著)には、男性のこんな言葉が残されている。

《昭和十九年の十月ごろだったと思いますが、(回天の搭乗員を)〝熱望する〟と書いたのですがはねられました。結局十人あまりが行ったと思います。あのころのことですから、みんな死ぬものと思っていました》

教育期間を終えて実戦部隊に配属される段階で、特攻かそうでないか、男性はその残酷な線引きを目の当たりにした。同期の一部は回天の搭乗員になり、戦死している。

戦後すぐの時期、特攻で死んだ者の遺族の中には、日陰者扱いされたケースも少なくない。周南市にあった回天搭乗員の慰霊碑も何者かに倒され、戦後数十年が過ぎると、今度は見向きもされなくなった。

将兵が残した遺書は歴史資料に等しく、先のメディア関係者は決して創作は許されないとした上で、男性の胸の内をこう推測する。

「特攻隊員を神聖視する部分と共感する部分と複雑な感情を抱いていたようだ。伝えたいことが伝わっていない、そんな無念さがあったのかもしれない」

■「何時迄も心の中に」　回天戦死百六人、両親・弟妹気遣い

回天搭乗員の戦死者は百六人に上る。大半が十代後半〜二十代前半の若者だった。彼らが最後につづった手紙や遺書は数多く残されている。国の行く末を憂えたり、両親への感謝や幼い弟妹を気遣ったり、胸を打つものばかりだ。

戦時中、回天の基地があった山口県周南市の大津島にある回天記念館。ここには回天の成り立ちや戦死者の遺品に加え、遺書の一部も展示され、彼らの直筆を目にすることができる。

昭和二十年一月、十九歳で戦死した本井文哉少尉は、五歳の弟「文昭」に、こんな遺書を残している。

「ニイサンハ　ニクイニクイアメリカヲホロボスタメニ　アメリカノコウクウボカン

ヲ　シヅメテヤリマス。（中略）ヨクベンキヤウ（勉強）シ　ヨクウンドウシテ　ツヨイツヨイコニナッテクダサイ。　ソレガニイサンノ　カタキウチニナルノデス。　コノコトハ　フミアキガオホキク（大きく）ナッタラワカリマス」

漢字が分からない弟のため、全文がカタカナで書かれていた。

二十年六月、二十四歳で戦死した池淵信夫中尉は、母親にこんな手紙を送った。「信夫の身は再びお母さんのもとに還らずとも、何時迄もお母さんの心の中に生きています。信夫にとっては日本一のお母さんでした」

■先の大戦資料「検証必要」

「七十五年前のあの戦争も、明治時代などと同様、資料の鑑定をしないといけない段階に入ったということではないか」。元特攻隊員の遺書の創作疑惑が歴史学に与える影響について、静岡福祉大の小田部雄次名誉教授（日本近現代史）はこう語る。

歴史学では新たな資料が見つかった場合、いつ、だれが書き、どこから出てきたのか、そして恣意的な要素はないか——といった検証が必ず求められる。ただ、先の大戦に関する資料は、これまで十分な検証なしに世に出ることが多かった。当事者の経験が何よりの担保になっていたからだ。

今回の事例はその限界を示したといい、小田部氏は「命を懸けるとか家族愛とか、受け手が求めた部分もあったのではないか。発信側も受け手側も、好きとか嫌いでなく、歴史の真実の前に謙虚である必要がある」と指摘する。

約四百人の戦争当事者に取材した大阪観光大の久野潤専任講師（日本近現代史）は「本人に悪気なく、記憶が上書きされてしまうこともある。聞く側の見識も問われる」と述べた。

資料の鑑定が必要

社会面では、ページを大きく使い、さまざまな要素を盛り込んで記事を展開した。私は今回の創作遺書を通じて、大きく二つの点について、問題提起をしたかった。一つ目は、先の大戦がすでに歴史資料によって考察される段階に入ってしまった、という事実である。戦争体験者の多くが存命だったころ、先の大戦は誰かの経験であり、記憶であった。間違いがあれば、別の誰かが指摘し、修正されただろう。

ところが、戦後七十五年経つと、経験者の多くはこの世を去った。かろうじて存命の人も、七十五年前のわずか数年間の記憶である。戦後を生きた時間の方が圧倒的に長い。

本人も気が付かないまま、戦後に見たり聞いたりした話で記憶が上書きされてしまうケースは少なくない。

実際、これまで私が取材した戦争体験者の中に、戦時中に米軍がヘリコプターに乗って逃げたと語った人がいた。

この人は海軍のある駆逐艦乗りで、昭和十七年六月のアリューシャン列島の攻略戦に参加している。日本軍は、アッツ島とキスカ島を占領した。この際、両島を守っていた米軍部隊は、ヘリコプターで逃げ出したのだという。

実際には、そもそもこの両島に米軍の守備隊は配備されていなかった。だが本人は、敵はヘリコプターで逃げたのだと信じて疑っていなかった。

先の大戦では、日米問わずヘリコプターはほぼ実用化されておらず、実戦では使われていない。戦後、何かの戦闘シーンで目にした映像が、記憶に上書きされてしまった典型的な例だといえる。

この事例のように、明らかな間違いであればまだ良い。

問題なのは、誰もが指摘できない微妙な違いである。戦争の当事者にしか分からないちょっとした事実のズレによって、真実が歪められてしまう恐れがあるからだ。今回の創作遺書も、それに近いといえる。

今後、先の大戦については歴史の一コマとして、資料に基づく調査や研究が必要であると、創作遺書は示している。

この一つ目の問題について、記事を執筆するにあたり二人の専門家に話を伺った。静岡福祉大学の小田部雄次名誉教授と、大阪観光大学の久野潤専任講師である。

二人とも、日本近現代史が専門だ。二人の意見については記事でも取り上げている。ただ、紙面の都合もあり、抜粋となってしまった。全てを書ききれなかった部分があり、改めて紹介したい。

小田部氏は取材を始めると真っ先に、「真実への謙虚な姿勢が問われています」と語った。「十八歳の回天特攻隊員の遺書」を受け取った側、つまり読み手にも責任はあると指摘したのだ。インターネットに出回っている出所が不明なものを、安易に信用してしまうことの不用意さである。

「今回の問題は、歴史学への謙虚さが持てないことを表しているとは言えないでしょうか」。

小田部氏は若干手厳しく、こんな風に表現した。

また、「受け手側が試されているということでもあります」とも述べ、こう続けた。

「私は歴史資料を読むとき、恣意的な要素がないかを、最も気をつけています。歴史って、地味で面白みのないことが大半なのです。決してドラマチックではありませんよ。人々の普通の暮らしの積み重ねですからね。今回の遺書は、ちょっといい話であったり泣ける話であったり、あるいは戦争へのちょっとした憧れであったり……。読み手が気持ちよくなれたというか、読み手の求めに合致した面があるから、広まってしまった部分もあるのではないでしょうか」

その上で、今後の課題について「先の大戦を含む近現代史であっても、資料の鑑定が必要な時代、段階になったということだと思います。これまでも先の大戦に絡む資料が問題になったことがなかったわけではありません。ただ、今後は今までの比ではないでしょう。遺書も含め、これからは新たな資料について、正確な出所や真贋の証明が求められるでしょう」と語った。

現在、どんな形であれ、歴史資料館にあるような資料は、どれも出所がはっきりしている。小田部氏は「研究者はそこに全力を注ぐといっても過言ではありません」と強調した。それが、資料の信用性の担保につながるからだ。

それでも、当初は信用性が高いとされていた文書が、後になって偽書だと判明することは時々あるのだという。

だからこそ、小田部氏は発信側と受け手側、双方の責任が重いという。

「好き嫌いではなく、歴史の事実の前に謙虚であること。そして、利用もされない。この意識が、創作遺書のような過ちを繰り返さないことにつながると思います」

一方の久野氏は、これまでに約四百人の戦争体験者を取材してきた。その経験を踏まえて、こう語る。

「一昔前なら、誤った事実を話し、それが検証されずに広まったとしても、別の当事者、すなわち第三者による批判が必ず行われ、修正されてきました。ところが戦後七十年以上がたち、戦争経験者がまずだいぶ減った。結果として第三者による修正が難しくなりましたね。その上、戦争経験者自身にも、記憶の揺らぎが目立つようになりました。戦後、別の人が書いた戦記物の書籍を読むことで、追体験したような感覚になり、記憶が上書きされてしまうことがあります。私自身、たくさんの取材を重ねている中で、『あれ？　この話は戦史と矛盾しているぞ』という場面が何度もありました。もちろん、本人に悪気はないのですが」

久野氏はこうした経験ももとにしつつ、創作遺書が浮き彫りにした一つ目の問題が引き起こすリスクを挙げてくれた。

大きく三つに大別されるという。一、歴史の一部が改竄（かいざん）される　二、別の嘘を引き起こす　三、政治や商売に結び付く――の三点である。

一の「歴史の改竄」。これは容易に想像のつく話である。嘘の大小も関係はないという。仮に小さな嘘であったとしても、後に大きな影響を及ぼす危険がある。「小さな嘘だからといって、決して些細な話にはならない」と久野氏は指摘する。

二は、少し説明が必要だろう。その嘘が、特定の人や団体にとって都合がいい場合、別の嘘の証言を引き起こす可能性があるという。それによって、利益を得られる人がいるからだ。最もいい例が、「朝鮮人慰安婦狩り」である。

労務報国会下関支部動員部長として、済州島で朝鮮人女性を無理やり日本に連れてくる「慰安婦狩り」を行った——とする吉田清治氏の虚偽証言だ。

この嘘によって、日本軍に強制連行されたとする韓国人慰安婦の嘘の証言も生まれた。慰安婦を支援する韓国の団体にとって、都合が良かったからである。まさに、嘘が嘘を生み、歴史の事実が歪められたケースに他ならない。

三の「政治や商売に結び付く」という点も、慰安婦狩りの例で説明がつく。

韓国政府は吉田氏の虚偽証言を事実として採用し、日本政府に謝罪を要求した。国際社会にも日本の非道性を喧伝した。結果として、韓国の慰安婦団体には、多くの支援金が集まった。嘘が政治を動かし、金集めの「商売」になったのである。

こうしたリスクを避けるには、聞く側、調べる側の見識も問われると、久野氏は主張する。実際、吉田清治氏の虚偽証言は、朝日新聞を始めとする報道機関が無批判に取り上げたことで、世の中に広まってしまった。

「例えば戦時中の経験談を聞く場合、吉田氏のように意図的な嘘は論外ですが、悪意がない場合であっても、まずは話の矛盾に気付けるだけの知識が必要です。創作遺書のように、インターネットに出回っているものであれば、他の資料と突き合わせるなどの検証が必要ですよね。自らの主張に沿うからといって、無批判に受け入れないことが肝心です」

久野氏は、このように訴えている。

責任の所在は？

続いて、私が創作遺書を通じて問題提起したかった「二つ目」についてである。先に少し触れたが、創作遺書が生み出された「責任の所在」は、どこにあるのかという点だ。実は紙面のスペースや、その他もろもろの配慮から、泣く泣くカットした記事がもう一本ある。事実関係を明らかにするというより、どちらかといえば私の考えを盛り込んだ「コラム」に近い。原稿は手元にあるので、この場で紹介したい。

見出しの案は「責任は男性だけにあるのか」であった。なお、ここでいう「男性」とは、もちろんOを指している。

先の大戦で亡くなった人を不当におとしめるような内容はもちろんだが、美化する方向であっても、歴史資料の創作や改竄は決して許されない。遺書を創作した男性の行為に、弁解の余地は一切ないといえる。

ただ、青筋を立てて批判する気になれないのが、偽りのない気持ちである。男性もまた、先の大戦の当事者の一人だからだ。特攻に志願した同期たちが次々と出撃する。どんな思いで見送ったのか、今の社会にどっぷりとつかった私達には、想像すら及ばない。戦後、男性は特攻隊員の遺書を集めて全国を駆け回ったという。そこに、「自分だけ生き残った」という贖罪の意識が、全くなかったとはいえないだろう。

インターネット上の動画を見る限り、男性は回天搭乗員だったという「嘘」を、実に真に迫る語り口で話している。大勢の特攻隊員の遺書を目にするうち、それらが「憑依」したように見えなくもない。

飛行機の特攻に比べ、回天は知名度も低い。最初は、世間の興味や関心を引くための「方便」だったのかもしれない。だとすると、男性を創作に走らせた責任の一端は、戦後世代にもあるとはいえないか。

「特攻隊員はかわいそうだね、悲惨だね。だから平和は大切だ」——。こんな分かりやすいお題目で、全てを理解した気になる。彼らが一人の若者として何を考え、どんな思いで死んでいったのか。突き詰めて考えることもしない。

いや、そもそも多くの人は特攻なんてよく知らないし、知ろうともしなかったのではないか。そんな風潮に抗おうと、創作遺書の話を続けていたのだとしたら…。

ともあれ、いろいろ考えても結局、全ては想像でしかない。真実を語ることなく、男性は亡くなった。遺書の創作という行為は、間違いなく罪深い。だが、その責任は一人男性のみが負うべきではないような気がしている。

私が考えるこの二つ目の問題については、紙面を十分に割く事が出来なかった。

スペースの都合は、もちろんある。だがそれ以上に、紙面掲載が見送られた背景には、さまざまな配慮があったと思われる。この記事は賛否両論を巻き起こすだろうし、少なからず反発も招いたに違いない。

それによって、創作遺書そのものの問題が霞んでしまう可能性もあった。掲載見送りの判断は、新聞としては妥当だったように思う。

いずれにせよ、形として、記事になったことが重要である。創作遺書の存在を世に示せたのだ。後は、関係する人、団体がどう行動するかにかかっている。

創作遺書を用いた回天グッズの販売中止か、ユーチューブにアップされている〇の動画の取り下げか。対応を待っていたところ、真っ先に寄せられたのは、思わぬ「反響」だった。

創作遺書に関する情報提供

記事の掲載から一週間ほどたった頃だった。会社の住所へ私宛に、分厚い封筒が届いた。差出人は、「埼玉県の服部朋秋」と書かれていた。住所にも名前にも、全く心当たりはなかった。だが、創作遺書の記事が出た直後だけに、すぐにピンときた。記事には私の署名もある。名指しは可能だ。創作遺書に関しての、何らかの情報提供ではないか——。

開封してみると、封筒の差出人である服部さんが、誰かとやり取りした手紙のコピーが大量に入っていた。ワープロ打ちのもの、手書きのものと、さまざまである。ほかに、参考資料ということなのだろう。Ｏの講演をまとめた著書『戦歿学徒の心』の、創作遺書に該当する部分のコピーが同封されていた。

また、これらの資料とは別に、服部さんから私宛の手紙も添えられていた。

「拝啓　残暑厳しき候、貴社皆様には益々ご清栄のこととお慶び申し上げます」と、丁寧な書き出しで始まる手紙であった。そこに、大まかな事情が説明されていた。

この手紙によれば、服部さんは拓殖大学の元事務職員で、令和二年の春に退職したばかりだという。創作遺書に関する私の記事を読み、事の経緯について知らせてくれようと思ったらしい。

服部さんは平成八年から九年ごろに、Ｏの講演を聞いた。皇学館大学での講演を聞いたわけではないのだが、『戦歿学徒の心』も入手し、拓殖大学ＯＢの元海軍士官、伊藤東（つかね）氏にその内容を伝えたという。

伊藤氏は複数の海軍ＯＢらと協議し、「講演内容に疑義あり」との結論に至った。伊藤氏はまた、複数の海軍関係者と協力してＯの経歴もじっくりと精査した。

回天の搭乗員として訓練を受け、潜水艦の中で仲間の遺書を受け取ったというＯの話は虚偽であると判断し、皇学館大学の学生部長宛てに文書で申し入れをしたという。

これに対し、皇学館大学からは、『戦歿学徒の心』の販売や配布を停止し、絶版にするとの文書回答が寄せられた。服部さんが送ってくれた封筒には、Oが講演した当時の学生部長である伴五十嗣郎氏の直筆の手紙のコピーも同封されていた。

服部さんは、私に宛てた手紙の最後を「英霊の名誉回復、そして帝国海軍の名誉も守られ、『これにて一件落着』と思っておりましたが、インターネットの普及に伴い現在ユーチューブで『十八歳の回天特攻隊員の遺書』を簡単に見ることが出来、驚愕（きょうがく）いたした次第です」と結んでいた。

おそらく、服部さんが手紙に書いた「海軍関係者」には、全国回天会のメンバーも含まれるに違いない。全国回天会が、皇学館大学に抗議したことはすでに記事でも掲載している。服部さんの情報提供は、抗議に関する詳しい経緯に他ならなかった。

これまで創作遺書の取材を進めてきた結果、記事にする段階であらかたの疑問は解消していた。もちろん、Oの心情には推定や想像も含まれるが、そう信じるに足る周囲の証言も得たつもりである。

事実関係について一連の流れを整理すると、まず、Oは回天と創作遺書に関する虚偽の内容の講演を各地で繰り返した。全国回天会はそのうち、講演内容を『戦歿学徒の心』という本にまとめた皇学館大学に抗議した。皇学館大学は誤りを認めて謝罪した。全国回天会はこの時、おそらくO本人にも事情を聴いたとみられる。Oがこうした行為に手を染めた背景にはいくつかの要因が考えられたが、いずれにせよ、これ以降、Oは講演をしなくなった。

この中でただ一点、どうしても分からなかったことがある。

Oの講演を、全国回天会はどのように把握したのか、である。そのきっかけが、分からないままだったのだ。

服部さんの手紙は、まさに答えが向こうから飛び込んできてくれたに等しい。

創作遺書は、すでに記事にした話題である。新聞の場合、よほど新しい要素がない限り、同じ話で再度の記事化は難しい。

服部さんの情報提供は大変貴重ではあったが、事実関係に目新しいものがあるわけではなかった。例え取材をしたとしても、記事にはならない可能性が高い。

それでも、好奇心が勝った。「乗りかかった船」どころか、むしろ自分で操縦しているような船でもある。新聞記者としては、服部さんに話を聞かないわけにはいかない。幸い、手紙には服部さんの携帯電話番号も書かれていた。

早速、電話をかけてみた。情報提供へのお礼もそこそこに、取材を依頼した。「私でお役に立てることでしたら」と、服部さんは二つ返事で快諾してくれた。

第七章 「仲間」たちの思い

安岡記念館を見学

まだまだ残暑の厳しい時期だった。日本一暑いとされる埼玉県の中部にある滑川町。東武東上線の森林公園駅で、服部さんと待ち合わせた。

私の自宅のある横浜から、東急東横線と東京メトロ副都心線を乗り継いで、約一時間半。東急東横線から東武東上線まで、三つの路線が直通運転をしているため、実質的には横浜駅から電車一本で到着した。

服部さんには、携帯電話のショートメールで事前に着く時間を伝えていた。森林公園駅まで車で迎えに来てくれているはずだった。

改札を出て、服部さんからの返信メールにあった通り、北口の階段を下る。降りた先に、白いジャケットを羽織った紳士が、人待ち顔でキョロキョロと辺りを見回していた。

「服部さんですか？」

人違いだったら申し訳ないと思いつつ、恐る恐る声をかけると、紳士は一瞬で表情を崩した。

「大森さんですか？　ああ、よかった。逆の出口に行ってしまったかと思いましたよ」

まさに破顔一笑という言葉が当てはまるように、安心した様子で笑顔を見せた。こちらが挨拶をはさむ間もなく、服部さんは「わざわざ遠くまでありがとうございます」と、すかさず頭を下げた。

背はそんなに高くない。私と同じくらいだ。ただ、顔は精悍に日焼けし、スリムで肩幅も広い。髪はきれいな七三分けに整えられている。白いジャケットに、パリッと糊のきいたグレーのチノパン。身なりからは清潔感が漂う。

駅のロータリーに車を止めてあるからと、早速車に案内された。助手席に乗り込み、ようやく落ち着いてあいさつができた。

「窮屈な場所ですみません」と名刺を差し出し、車内で交換した。名刺の肩書には、東洋義塾の「師範」とある。聞くと、空手のことだそうだ。どうりで、がっしりとした体格のはずである。

「大森さんは今日一日、時間は大丈夫ですか?」

「はい。一日かけて取材するつもりで来ていますので、時間はたっぷりあります」

「それならよかった。せっかく埼玉の奥までお越しになったのですから、いろいろ案内したいところがありますので。昼ごはんにはまだ早いので、先に安岡記念館に行ってみませんか」

「安岡記念館ですか? これまで行ったことありませんね。ぜひお願いします」

安岡記念館とは、陽明学者であり、哲学者であり、思想家でもあった安岡正篤の足跡や功績をまとめた資料館である。

安岡は明治三十一年に大阪に生まれ、大正十一年に東京帝国大学法学部を卒業した。戦前から戦後にかけ、財界や政界に大きな影響力を及ぼしたという人物だ。

戦前は、連合艦隊司令長官の山本五十六海軍大将や、中華民国の蔣介石総統らと親交があった。

戦後の一時期、GHQによる公職追放を受けたものの、影響力は衰えず、吉田茂首相や岸信介首相、佐藤栄作首相、そして中曽根康弘首相に至るまで、昭和期の歴代首相の指南役を務めた。なお、昭和五十八年に亡くなった際、葬儀委員長は岸信介氏が務めている。

また、三菱グループや東京電力、近鉄グループなど、昭和を代表する財界人の精神的な支柱になったとされる。

昭和二十年八月十五日、昭和天皇の玉音放送で流された「終戦の詔書」の草案作成にかかわったほか、「平成」という元号の考案者でもあったという。もっとも、「平成」の考案者という点については、少なからず異論もあるようだが。

安岡が昭和六年に設立した私塾、日本農士学校が埼玉県嵐山町にあり、記念館はその跡地に建設されたらしい。

服部さんの案内で、館内をじっくりと見て回った。安岡の直筆の書や、歴代首相と写った写真など、ゆかりの品々が説明文とともに展示されている。中でも圧巻だったのは、生前、安岡自身が集めた図書館だ。

普段は公開していないのだが、服部さんが安岡記念館の館長と知り合いのため、特別な計らいで見せてもらえた。歴史的な価値の高そうな古書が、天井まで本棚いっぱいに収まっている。若干のかび臭さも、味わい深い。

「この地に安岡先生が日本農士学校を開校してくれたのは、地元にとっては本当に誇らしいことですよ」

服部さんは、しみじみと語った。

回天の創作遺書の取材とは全く関係なかったが、何とも興味深い「脱線」であった。

安岡資料館の見学を終えると、午後一時をだいぶ回っていた。お昼時には少し遅いぐらいだ。再び車に乗り、今度は昼食に向かう。

服部さんは、地元の名物をごちそうしてくれようとしているらしい。何やら店を探している。国道沿いのレストランを見つけると、車を滑り込ませた。

お昼時からは若干、時間が外れていたおかげだろう。店内では待たずに席に通された。

「ウナギでも食べませんか？　埼玉はね、意外とウナギが名物なのですよ」

服部さんの勧めで、鰻重を注文する。しばらく待っていると、二人分のお重がお盆に載って運ばれてきた。口に運ぶと、見た目に違わず、脂がのっていて大変おいしい。

二人して、黙々とはしを動かす。鰻に舌鼓を打って腹ごしらえを終えると、コーヒーを注文した。お重を片付けてもらい、この日の本題である取材が始まった。

まずは、事実関係から確認していく。

Oの講演内容に違和感

服部さんは平成八年から九年ごろ、Oの講演会に出席した。はっきりとした日時や場所などは覚えていない。「日本会議が主催した講演会だったかもしれない」ということだが、詳細は不明である。

ただ、日本会議は平成九年、「天翔ける青春　日本を愛した勇士たち」という映像資料を制作し、Oの証言を紹介している。日本会議がこの映像資料を制作し、証言者の一人としてOを起用した経緯は、すでに紹介したとおりである。

時期を考えると、日本会議がOの講演会を主催した可能性は、無きにしもあらずかもしれない。とはいえ、二十年以上前に聴いた講演の主催者を、正確に記憶している方がおかしい。これ以上、確証を得るのは難しいだろう。

日時や主催者についてのあいまいな記憶とは打って変わり、講演の中身は今でも鮮明だった。それほど、印象深かったらしい。

「江田島にある教育参考館の元館長で、大正生まれ。軍隊経験もあって、立ち居振る舞いも非常に凛々しい方でした。熱っぽく、時に涙ぐみながら、お話をされていたことをよく覚えています。その中に、回天の搭乗員から遺書を受け取ったというエピソードもありました。『お母さん』と呼びかける、例の遺書です」

だが、服部さんはほんの少し、違和感を覚えたという。

「私はそれまでも、戦争経験者の話を何度か聞いてきました。今までの経験者と少し違うなと、本当に何となく、感じたのです。具体的に何が違うかを聞かれると非常に難しく、どこか感覚的なものだったのかもしれません」

服部さんは、特攻隊員の教官を務めた元陸軍士官から話を聞いたことがあった。

この元陸軍士官は、鹿児島県内の特攻基地で終戦を迎えた。部下を死地に追いやったという後悔の下で戦後を生き、私財を投じて記念館の設立に尽力したという。

「この人もそうでしたが、戦争経験者は皆、戦友とか部下が目の前で死んでいった話は講演会ではしないものです。少なくとも、私は聞いたことがありませんでした。だって、目の前で仲間が死地に赴くわけですよ。なかなか話をできるものではないと思います。それなのに、Oは親友を見送ったと話していた。言葉は悪いですが、エンターテインメントというか、フィクション的な要素を感じたのです」

後知恵ではあるが、この時の服部さんの直感は、完全に正しかったわけである。

服部さんの見方に立てば、Oには目の前で親友を見送った経験がなかったからこそ、逆に講演で話せたのかもしれない。

「その当時でも、すでに戦後半世紀以上が過ぎていました。軍籍にあった人は、どんどん少なくなっていています。おそらく、特攻隊員が『お母さん』と呼びかけたというのは、心情としては間違ってはいないのでしょう。ある意味では、それも事実といえるのかも知れません。でも、作り話は良くない。もしOの話が創作で、間違った事実が発信されているなら、きちんと正しておくべきではないかと考えました」

服部さんはすぐに、Oの著書『戦殁学徒の心』を入手した。

「講演会の場で売られていて、そこで買ったような気もします」というが、これもあいまいな記憶である。

ともあれ、服部さんは『戦殁学徒の心』を、事情を説明する手紙とともに、ある知人の元に送った。

拓殖大学のOBで、元海軍士官の伊藤束(つかね)氏である。

服部さんは、拓殖大学の職員だった。当時、大学の理事長や総長の秘書のような仕事をしていたという。

平成七年、拓殖大学の第十六代総長として、元大蔵官僚の小田村四郎氏が就任した。

官僚出身であり、教育界は全く畑違いの分野である。小田村氏が気軽に相談できるよう、拓殖大学のＯＢを集めて「小田村氏を励ます会」を開催した。

その招待メンバーの中にいたのが、伊藤氏だった。拓殖大学在学中、学徒出陣で海軍に入った元海軍士官である。

ちなみに、小田村氏も東京大学在学中、学徒出陣で陸軍に入った。同じく元軍人である。伊藤氏と同じ昭和十八年末の入隊であり、陸海軍の違いはあるものの、入隊時期は、いわゆる「同期」であった。

こうした縁から、伊藤氏は小田村氏の総長就任をことのほか喜んでいたらしい。小田村氏を支えるためにいろいろと動いており、服部さんともたびたび連絡を取り合っていたのだという。

回天搭乗員による検証

服部さんの手紙に対して、伊藤氏からはすぐに返信があった。私信ではあるが、服部さんとのやり取りの一部を紹介したい。

伊藤氏は、Ｏと同期である。直接の面識はなかったものの、いわば「戦友」にあたる。あの時代に居合わせた同年代の仲間たちが、Ｏの行為をどのように見ていたのか。今となっては聞くことが出来ない、貴重な感想だと思うからだ。
なお、「もう二十年以上前の話ですし、真相究明に少しでも役立つのであれば」と、服部さんからは内容を公開することに承諾を頂いた。

手紙は「御手紙を頂戴し有難く拝誦しています」と重々しい挨拶から始まっていた。さすが、大正生まれの元軍人である。

Oの講演の中身については、こんな感想を漏らしていた。

「『戦歿学徒の心』の講演者O氏は立命館大（出身）で、私どもと同期の第四期の予備学生で艦艇班として横須賀海軍航海学校で術科教育を受けられ任官して練習艦『八雲』に乗組み、更に教育を受けられた後に富山の伏木港警備隊に配属された方で、『海軍辞令公報―甲―』で見る限りでは講演の中にある如く海軍水雷学校、川棚臨時魚雷艇訓練所等、第一特別基地隊等で『回天』の訓練を受けられ潜水艦に乗組まれた等の記録が全くなく、又それを知っている者が居ないのは不思議であり、折角江田島の海軍兵学校跡にある海上自衛隊の教育参考館で尊い仕事をされたのに遺憾です。O氏のためにその史実を捜したい」

Oの経歴については、これまで調べてきた通りである。同期であり、当事者であるだけに、すぐ確認できたのだろう。

それを踏まえ、伊藤氏は講演内容について疑義を呈し、Oの行為を「遺憾だ」と表現した。その上で、「史実を捜したい」と記している。

服部さんはこの手紙を受け取った後、Oの証言を取り上げた映像資料「天翔ける青春　日本を愛した勇士たち」のビデオテープも、伊藤氏のもとに届けたらしい。

伊藤氏はそれを見て、さらにこんな返信を書きつづった。


「ドキュメンタリー映画『天翔ける青春』ダビング複写を御恵贈賜り有難く拝領し、拝見しました。O氏の紹介されている戦時中の履歴に関して、私は疑問を持っています。回天の訓練、特攻基地建設、潜水艦便乗の事実については何時のことか考えられない経歴です。江田島の海上自衛隊幹部学校教育参考館勤務中に戦歿者の遺書等を検証しておられるうちに、その悲壮感の渦中にて自分をも悲劇の主人公に仕立てたものかと思われます。反戦、反軍論説も不快ですが、悪乗りして寸毫も史実と異なることをまじえては欲しくないものです」

最初に届いた手紙よりも、若干、手厳しくなったように感じる。映像や講演内容を詳しく見て、Oの創作ぶりにじわじわと怒りを募らせたようだ。

もっとも、伊藤氏自身は回天の搭乗員ではなかった。

服部さんによると、この手紙を書いた後、伊藤氏は回天に詳しい別の同期に、Oの講演内容の検証を依頼したという。つまりOの同期、兵科第四期予備学生出身の回天搭乗員である。この人物こそ、全国回天会のメンバーであった。Oの講演が、全国回天会と結びついた瞬間だ。

教育期間を終えた後、昭和十九年九月に回天の搭乗員として実戦部隊に配属された。大津島基地などを経て、高知県の浦戸基地で終戦を迎えている。元海軍中尉だという。

まさに、回天搭乗員という当事者による検証である。伊藤氏は、この人物による検証結果のコピーも、服部さんに郵送してくれていた。A4サイズの便せん六枚に、直筆でしたためられた丁寧な手紙であった。

伊藤氏の手紙とは異なり、服部さんが直接受け取ったわけではない。そのため、この人物の名前は出さずに匿名のまま、要素を抜き出してみたい。

手紙は、こんな書き出しで始まる。

「『戦歿学徒の心』さっそく一読しました。O(同期だから敬称略)の講演内容について、気付いたことを申し上げます。講演内容を活字にしたもののようですから正確に表現されているのか疑義のあるところですが、活字文面について私なりの問題点を書きます」

まずは、自身による検証の限界を正確に示していた。その上で、疑問点を次々と挙げていく。この手紙によれば、全国回天会の記録上、Oは回天の部隊には所属していない。搭乗員名簿を繰ってみたが、Oの名前は見当たらなかったという。ただし、実戦に出る前の教育期間中、Oと同じ班で、後に回天搭乗員となり終戦を迎えた同期はいるそうだ。

Oは講演の中で、回天の搭乗訓練を一回やると、「体重が三、四キロ減って、頭の中に右は八本、こっちは七本とか言って（白髪があると）友達が数えてくれる」と語っていた。これについても、当事者は手厳しい。

「私は聞いたことがない。遭難したり、搭乗が数日連続してあれば或いはあったかもしれないが、大仰な言いである。白髪云々も同様。体重のこと白髪のこと、『友達が教えてくれる』など想像出来ない。私の仲間ではこのような現象はなかった」

もちろん、Oの言うことは現実的にあり得ないと、容易に想像はつく。だが、部外者が完全に「なかった」と、根拠なしには言い切れない。一見当たり前に思えるのだが、まさに、当事者にしかできない「鋭い」指摘である。

そしてやはり、遺書の署名「太一」と、本物の回天搭乗員、今西太一大尉との矛盾についても触れている。この点はすでに検証済みなので、割愛する。

このほか、回天搭乗員として一人前になるまでの期間と、Oが遺書を預かった時期が合致しないなど、これもまた、当事者しか気が付かない視点もあった。

回天の搭乗員が作戦に参加できるような技量を習熟するまでには、二十三回の教程を経なければならないのだという。加えて、荒天や訓練時間、回天の数自体が足りないなど、さまざまな制約があり、一人前になるには、最低でも四十日から二カ月程度はかかったらしい。

Oは、遺書を預かった日付を昭和二十年四月と説明している。Oたち兵科第四期予備学生が教育期間を終えた時期から逆算すると、十分な訓練を受けることは不可能なのだという。

当事者ならではの視点からさまざまな検証を行ったうえで、手紙の最後はこのように締めくくっていた。

「くどくど書きました。本人に確認するのがいちばん真実がわかると思いますが、江田島教育参考館初代館長の任にあったものが、なぜこのように疑点の多い内容の話をするのか。しかも少なくとも回天で散華した者の心情を思えば、『戦歿学徒の心』を伝えるにはお粗末という外はない。若者たちの心を惑わすことになる。悲しい限りです。『天翔ける青春』のインタビューでどんなことを語っているのか、いずれ拝見しますが、回天関係について体験によらないものであれば、誤りなき発信であればと念ずるばかりです」

本当の回天搭乗員は、Oの講演内容をどう感じたのか。その心情の一端が垣間見えた。決して強い言葉で非難しているわけではない。だが、回天に乗って命を散らした仲間の心情を慮り、むしろ悲しみとか静かな怒りに震えているようだ。文面からは、誤った事実が定着することへの懸念も見て取れる。

手紙の末文は「終わりに、回天会で収録してある今西太一大尉の家族宛の遺書のコピーを同封いたします」であった。

そして実際、今西大尉の遺書のコピーが、同封されていた。こうしたところにも、正確な事実を知り、伝えてほしいという当事者の思いが込められているように感じた。

服部さんによると、ここまでのやり取りは全て、平成九年二月から三月にかけてであった。

全国回天会による調査と対応

次のやり取りまでは、しばらく間が空いた。およそ三年近く後、平成十一年十一月まで飛ぶ。そしてそれが、創作遺書に関する一連のやり取りとして、伊藤氏から服部さんのもとに届いた最後の手紙でもあった。

そこには、三年間の出来事が簡潔に記されていた。

それによると、全国回天会は組織として、Oの講演内容について調査を実施した。その結果、Oの話す内容には疑わしい点が多くあると結論付けた。

全国回天会には、Oと親交のあったメンバーもいたようだ。手紙に詳述されてはいないもののの、この段階で、Oに何らかの問い合わせ、あるいは警告に近いことがあったに違いない。実際、Oはこれ以降、回天に関する話は控えている。

創作遺書の話をしたとはいえ、Oも先の大戦で実戦を経験した当事者であり、戦友である。全国回天会の事情聴取に対し、なぜ講演で嘘を語ったのか、その理由や思いも、もしかしたら明らかにしたのかもしれない。

全て私の想像になってしまうが、今後、回天に関する話はしないとの条件で、ある種、「うやむや」に矛を収めたのではないか。「無罪放免」とまではいかないが、それに近い武士の情けだったような気がしてならない。

そもそも、Oの口さえ封じれば、創作遺書が広まる可能性は極めて小さかった。当時は、今のように誰でもスマートフォンを持ち、どこでも気軽に動画を撮れる時代ではない。ましてや、ユーチューブにOの動画がアップされ、インターネット上に広まってしまうなどとは考えもつかなかったに違いない。

Oが講演を繰り返していたとはいっても、世間一般からすれば、限られた人が話を聞いただけである。形に残るものは何もない。

唯一の例外が、皇学館大学での講演録、つまりOの著書である『戦歿学徒の心』であった。したがって、全国回天会の対応は、必然的にこれに集中したようだ。

発行元である皇学館大学に対し、本の中身で事実と異なる点を文書で指摘した。その上で、『戦歿学徒の心』内の、回天に関する記載については削除するか、あるいは本そのものを絶版にするなどの対応を求めた。

全国回天会の申し入れに対し、皇学館大学は文学部神道学科の教授であり、神道博物館館長でもあった伴五十嗣郎氏の名前で回答文書を作成した。伴氏がOを招き、講演を依頼していたからだ。伴氏の文書は全国回天会の事務局長に宛てて、『戦歿学徒の心』の絶版を約束する内容だった。

ここまでの流れは、平成十二年四月発行の全国回天会会報「まるろくだより」に説明があった通りである。

伊藤氏からの手紙には、伴氏が書いた文書のコピーも同封されていた。原稿用紙七枚にもわたって手書きされており、意志の強そうな、角ばった字が印象的である。

もっとも、文書の中身自体はすでに確認済みであった。周南市回天記念館で「まるろくだより」を拝見した際、転載されたものをじっくりと読み込んでいたからである。

とはいえ、やはり原本は違う。それも、手書きだとなおさらだ。激しい後悔や、自責の念。特攻隊員たちに対し、伴氏が本当に申し訳ないと思って書いた状況が、ひしひしと伝わってくる。

なお、服部さんの許可を得て文書を皇学館大学に確認したところ、伴氏の字で間違いないとのことだった。

創作遺書は、先の大戦の当事者を始め、多くの人を苦しめた。伴氏もまた、その一人だったといえるのかもしれない。苦渋の思いが込められた文書を、改めて紹介したい。

「拝啓

暫し清涼を感ずる時節と相成りましたが、益々御健栄の段、大慶に存じ上げます。

貴台九月十二日付の御要望書を受領、拝読致しました。誠に以て青天の霹靂、当時慰霊祭の計画と実施の任にありました者として、実に慚愧にたえず、心から御詫び申し上げる次第でございます。

御指摘の件々、小生と致しましては一言の弁解もなく、全国回天会の皆様には、ただただ申し訳けなく、何より慰霊の誠を捧げました私共の大学の戦歿諸先輩、また回天の勇士英霊に対しましても御詫びの致し方なく、ひたすら御神宥を祈り上げるばかりでございます。

そもそもO氏と小生は、問題の記念講演まで一面識もなく、然るべき講演者を探す中で、その存在を知りました。講演者としては、学内教員などから二三の候補が推薦されましたが、中でもO氏は、江田島教育参考館初代館長などを勤められ、日本会議でも頼まれて講演、学内からの推薦者も、江田島教育参考館での講演を聞いて、いたく感動を覚えたとのことでありました。小生に今少し大東亜戦史や軍事関係の知識がありますれば、或いは疑問を感じ得たかもしれませんが、迂闊にも右の経歴等を耳にしただけで、調査もせず全く信用してしまい、講演依頼に踏み切ってしまいましたこと、本当に恥入るばかりでございます。

今となっては、ゆゆしいことではありますが、講演を聞いた学生たちの多くが、目に涙をため感激の様子でありましたので、講演叢書としての活字化を決意し、当日の録音テープから原稿を起し、O氏へ送って添削を願い、そのまま発刊いたしました次第であります。そこに重大な虚言があるとは、夢にも思いませんでした。

巻頭「解説」中のO氏の経歴も、O氏本人から連絡のあった経歴をもとに、講演で話されたことを加味して、小生が記しましたもの、全くO氏の虚言を疑わなかった小生の不徳の致すところでありまして、ひたすら御詫び申し上げる外ありません。

この上は、御要望書にあります通り、この書の再刊は決して致しません。また、新たなる販売・配布は停止し、絶版と致しますので何卒御休心下さい。

慰霊祭の斎行と講演会の実施は、真に学生と共に英霊を御祀り申し上げたいとの誠心から実現しましたこと、神道学科の教員として、常々学生に神道的『正直』の精神の重要なることを説いている小生と致しましては、此度のこと本当に面目なく、無念の極みに存じて居ります。この点、何卒御亮察下され、御海恕下さいますよう、伏して御願い申し上げる次第でございます。

末筆ながら、御身体くれぐれも御自愛専一、益々御清健に御過し下さいますよう、心から御祈り申し上げます。

敬具」

「なんだか、読んでいてつらくなる手紙ですね」。伴氏の文書を読み返しながら、私は思わずつぶやいていた。

服部さんも、すかさずうなずく。

「同感です。伴さんたちは単に、先の大戦の出来事を深く知りたいと思っただけでしょう。とても責める気にはなれません。そもそも私はね、今回の創作遺書をめぐる問題は、伴さんに限らず、誰も悪意があったわけではないと思う。全員が被害者のような気がして仕方ないのですよ」

産経新聞の報道に加え、伴氏の文書が見つかったことにより、皇学館大学は対応を協議した。その結果、購入できる状態にあった『戦歿学徒の心』については、改めて販売を取りやめる措置を取った。

伴氏が絶版を約束したにも関わらず販売が続いていたことは、対応の不備として責められなくもない。だが、私には悪意があったとは思えないのだ。

伴氏がこれだけ誠意を込めた手紙を書いている以上、いったんは販売中止など対応はなされたのだろう。ただ、問題から二十年以上が経過する中、どこかで引き継ぎミスなどの手違いがあったとしか考えられない。

少なくとも今後は、新たに人の目に触れることはなくなった。

「十八歳の回天特攻隊員の遺書」を使用していた回天グッズも、同様である。

私の記事が産経新聞に掲載された後、山口県の周南観光コンベンション協会は、創作遺書を印刷していた手ぬぐいや、缶詰などのグッズを販売停止にした。

担当者は私の問い合わせに「販売開始から年数がたち、商品の保管数も少なくなってきたことから停止を決めた」と釈明した。だがこのタイミングでの販売停止は、さまざまな要因があったにせよ、私の記事が引き金になったとしか思えない。

日本会議も、ユーチューブにアップしていたOの動画を削除した。Oが出演していた映像資料「天翔ける青春　日本を愛した勇士たち」のDVDも、販売を取り止めた。日本会議の担当者は「Oの話す中身に、必ずしも正確でない部分が含まれると判断したため」と説明した。「十八歳の回天特攻隊員の遺書」の元ネタは、根絶されたといえる。あとは、インターネット上に転載されたものだけだ。

ネット世界での「漂流」は容易に消せない。問題といえば問題だが、元ネタが無くなった以上、さらなる拡散は防げるに違いない。

私の書いた記事は、創作遺書という誤った歴史の修正に、多少なりとも寄与できたといえそうである。

とはいえ、これは決して一過性の問題ではない。

今回の取材を始めたときの私自身の問題意識でもあるし、静岡福祉大学の小田部雄次名誉教授や、大阪観光大学の久野潤専任講師ら、先の大戦を中心とした近現代史に詳しい有識者も指摘する通りである。

戦後七十五年の節目は瞬く間に過ぎ去り、令和三年は七十六年となる。やがて八十年、そして百年と、戦後は年数を重ねていくだろう。先の大戦を経験した当事者も、やがていなくなる。

似たような問題は今後また、必ず浮上する。間違いない。その時に大事なのは、事実を見極める目を持っていることだ。

「創作遺書」は、戦後社会に大きな教訓をいくつかもたらした。その一つは、私たちがあの戦争を忘れたり、関心を失ったりすることへの警鐘ではないか。

どんな入り口でも良いと思う。子供が無邪気に考える「戦争って何となく格好いい」でも、最初は構わない。大事なのは、形が何であれ、次の世代に我が国を託し、命を散らした数多くの特攻隊員たちを忘れないことである。

とはいえ、これはあくまで私なりの解釈に過ぎない。百人いれば、百通りの考えがあるに違いない。それでいいと思う。考えることが、何よりも大事だからだ。

では、皆さんはどう解釈するだろうか――。

第八章　元搭乗員の思い

回天の搭乗員を祀る大津島回天神社

最後に、私が直接取材した「当事者」たちが、回天に対してどんな思いを抱いているのかを紹介したい。元搭乗員と、戦死した回天関係者の遺族の二人である。

まずは、元搭乗員から。横浜市磯子区在住の国田公義（きみよし）さんである。

大正十五年生まれ。令和三年に満九十五歳となる。海軍兵学校（海兵）七十四期の元海軍少尉だ。昭和二十年三月に海兵を卒業し、回天の部隊に配属された。

国田さんは、山口県・大津島で回天の搭乗訓練を重ね、一緒に過ごした仲間が死地に赴く様子を間近で見続けた。

回天搭乗員たちは出撃前、何を考えたのか。そして国田さんは、戦後をどんな思いで生きてきたのか――。

今回、「十八歳の回天特攻隊員の遺書」の検証を通じて、回天をめぐるさまざまなものに触れてきた。

全国回天会の会報や元搭乗員たちの手紙など、当事者の声を拾う努力もしたつもりである。同時に、戦後七十五年が過ぎ、あの戦争を経験した当事者の声だけに頼り切る「怖さ」にも言及した。

一方で、当事者にしか語れないことは間違いなくある。聞けないこともある。

私たちは、先の大戦について、前提となる情報を蓄積したうえで、当事者に話を聞ける最後の世代なのである。少しでも多くの人に話を聞き、記録に残す。今は、その最後のチャンスであるような気がして仕方ない。

国田さんに初めてお会いしたのは、令和元年十一月三日であった。日付まで鮮明に覚えているのには、きちんとした理由がある。山口県周南市の大津島に、回天の搭乗員を祀る神社が完成し、記念の式典が開かれた日だからである。

「大津島回天神社」だ。

本土と島を結ぶフェリーが発着する馬島港のすぐ近く。約八十坪の敷地に、御影石でできた祠と、大きな鳥居がそびえ立つ。フェリーを降りて島を訪れた人を出迎えているようだった。

戦時中、大津島には回天の訓練基地が置かれたことは、すでに説明した通りである。十代後半から二十代前半の若者たちは、この島で訓練を積み、潜水艦に乗って太平洋方面に出撃した。そうして戦死した回天の搭乗員は、百六人に上る。建立されたばかりの大津島回天神社には、彼らの位牌が納められている。

搭乗員の御霊を祀る神社が、なぜ今頃になってできたのか。この神社の建立の経緯が、戦後、回天搭乗員やその遺族たちがどんな立場に置かれてきたかを如実に物語っている。

昭和十九年九月、大津島に回天の基地が開設された。ほぼ時期を同じくして、湊川神社（兵庫県神戸市）の楠木正成を祭神とする小さな祠も置かれた。基地の片隅にあり、人の背丈にも満たない小さな祠だった。だが、死を目前にした搭乗員たちの心のよりどころになった。搭乗員たちはすぐに「回天神社」と名付け、出撃前に敵艦への必中を願って手を合わせたという。

搭乗員らの思いが詰まった「回天神社」だったが、昭和二十年八月の終戦後、祠は島を離れ、本土にある山﨑八幡宮に移された。大津島のちょうど対岸に位置する神社だ。地元の関係者によれば、当時、大津島の住民のほとんどが山﨑八幡宮の氏子だった。詳しい経緯は不明なのだが、どうやらその縁で、山﨑八幡宮が祠を移す場所に選ばれたらしい。

祠には、戦死した搭乗員の位牌も納められている。その一部は、山﨑八幡宮には運ばれず、大津島にとどまり続けた。せめて、戦死者の位牌だけでも島に残してあげたいという関係者の配慮があったとみられる。大津島の中に建てられた、公営の「周南市回天記念館」の館内に安置された。

だが、それも長くは続かなかった。正確な時期は分からないが、「政教分離の原則に反する」との指摘が寄せられたため、回天記念館を追い出されてしまったのだ。結局、祠と同様、山﨑八幡宮が引き取っていた。

「回天神社」の祠について、山﨑八幡宮の認識は、あくまで預かっただけ。「仮」に祀った

大津島回天神社

つもりだった。回天の戦死者にとって、最後に踏んだ故国の地である大津島こそ、祀られるのにふさわしい場所であったからだ。

だが、そのまま七十年近くが過ぎていった。

山﨑八幡宮の宮司、河谷昭彦さんは、この状態が忍びなくて仕方なかった。

河谷さん自身、昭和十年生まれの戦中世代だ。戦後すぐの時期、戦死した回天搭乗員の遺族が大津島に渡り、取り壊された兵舎の跡地を掘り返して一心不乱に遺品を集めていた様子を目にした。まるで昨日のことのように、目に焼き付いている。

回天の初出撃は、昭和十九年十一月だった。令和元年は、初陣から七十五年の節目となる。

河谷さんはこの節目を迎える前に、大津島に回天神社を建立し、祠や位牌を本来の場所に返したいと考えた。

平成二十八年ごろから、神社の神職や地元の郷土史家らとともに、建設に向け動き始めた。協力者の一人には、回天顕彰会の監事で、海軍兵学校七十五期の中山義文さんもいる。回天研究家、山本英輔さんを私に紹介してくれた、中山さんである。

彼らは、全国各地に散らばる回天搭乗員の遺族やその知人、地元の企業などあちこちに声をかけて寄付を募った。限られた時間の中で何とか、初陣から七十五年目での建立にこぎつけた。

完成式典では、河谷さん自ら祝詞を奏上し、酒を奉納した。祠に深く頭を垂れ、七十年近く山﨑八幡宮で眠っていた搭乗員たちの御霊に、回天神社の建立を報告した。

私も、取材に行ったからよく覚えている。

十一月三日の完成式典当日は、まさに秋晴れという言葉がぴったりだった。青空が広がり、真夏ほどには厳しさのない、優しい日差しが降り注いでいた。

「ようやく肩の荷が下りた……」

この日を迎えられた安心感や安堵感。関係者の誰もが、そんな思いを漂わせていた。

式典の主催者である河谷さんでさえ、緊張感を漂わせながらも、穏やかな表情を浮かべていた。

式典の出席者たちは一様に晴れ晴れとした笑みをたたえ、どこか弛緩したような空気さえ流れていた。

だがたった一人、そんな空気から隔絶された老人がいた。脇目も降らず、険しい表情でハンディカメラを回すその姿は、嫌でも目についた。

それが、国田さんだった。

白髪交じりの髪を丁寧に七三に分け、グレーのジャケットを羽織っている。身なりこそ整っているものの、足取りはおろおろとおぼつかない。黒い杖を突き、よろけそうになる体をガードレールにもたせ掛けて支えながら、震える手で撮影を続けていた。

国田さんの鬼気迫る様子は、人を全く寄せ付けなかった。撮影場所を変えようと杖を頼りに歩を進めるたび、人だかりが左右に分かれ、自然と道ができていった。身長は百六十センチ足らずと小柄だが、若いころは柔道で鳴らしたという。体力も気力も健康そのものだ。

それでも、九十歳を超えてから、体の自由は年を追うごとにきかなくなった。自宅にこもりがちになり、久しく遠出もしていなかったそうだ。

だが、回天神社建立の知らせを聞き、いてもたってもいられずに自宅のある横浜市から駆け付けた。近くに住む長女に付き添ってもらい、無理のないよう、一泊二日の日程での出席だった。

国田さんは昭和二十年三月に海軍兵学校を卒業し、回天の特攻要員として、大津島に配属された。島では回天の搭乗訓練に明け暮れた。

たくさんの仲間や上官、部下たちと寝食をともにし、語り合った。どうすれば効率よく敵艦にぶつかれるか、回天を進める角度のわずかな違いで激論を交わしたかと思えば、食べ物や故郷の自慢話で盛り上がった。そんな彼らが、生還を期さずに出撃する姿も見送った。つらい思い出ばかりが詰まった島だ。大津島に来るのは、何十年かぶりだったという。


式典が終わると、出席した人はぽつりぽつりと帰り始めた。馬島港から、本土に戻るフェリーの時間が迫っていた。十分ほどで、人はまばらになった。

疲れもあったのかもしれない。国田さんは帰る気配を全く見せず、式典の出席者に用意された折り畳み椅子に腰かけていた。人が減るのを待っていたかのように、国田さんはカメラをカバンにしまうと、祠の前までゆっくりと歩いて行った。祠と向き合い、杖を脇に抱えて直立不動になった。さっきまでのおぼつかない足取りがウソのように、背筋がピンと伸びていた。祠を見つめた後、目をつぶり、深く一礼して手を合わせた。

私は、そんな国田さんから目が離せなかった。この時は、国田さんが回天の搭乗員だったとは全く知らない。ただ、回天に対して並々ならぬ思いを持った人だと感じただけだ。祠の前に立つ様子を、少し離れてずっと眺めていた。

国田さんは十秒近くも目を閉じ、手を合わせていただろうか。目を開けた時、涙で潤んでいるように見えた。

山﨑八幡宮の宮司、河谷さんが、国田さんにつかつかと歩み寄っていった。きっと、何か言葉をかけようとしたに違いない。国田さんも、すぐに気付いた。脇に抱えていた杖を手に持ち直し、近づいてくる河谷さんの方を向いた。そして、河谷さんが口を開くよりも先に、頭を下げて「本当にありがとうございました」と声を絞り出した。

「何をおっしゃいますか。こちらこそ、皆さんを七十年もお待たせしてしまって。お礼なんかよしてくださいよ」

河谷さんが恐縮し、頭を上げるよう促しても、国田さんは決して頭を動かさなかった。

「ありがとうございました、本当にありがとうございました……」

かすれるような細い声で、何度も何度も繰り返していた。これほどまでに思いが深いとは、もしや搭乗員ではないのか――。

私は、はたと思い当たった。今や、元搭乗員に話を聞けるチャンスなど滅多にない。気後れしつつも、「ここでチャンスを逃したら……」という焦りがはるかに勝った。二人の会話に何とか加わった。

河谷さんとは、大津島回天神社の建立に向けた取材で以前にも面識があった。河谷さんから私を紹介してもらい、国田さんの経歴も聞いた。案の定、回天の元搭乗員であった。善は急げ、である。私はその場で、国田さんに取材の予約を取り付けた。十日後の十一月十三日、横浜市の自宅で話を伺えることになった。

頭に浮かんだ「死」

「殉職」の二文字が頭をよぎった。

昭和二十年四月十一日、国田さんは大津島沖の徳山湾内で、回天の操縦訓練をしていた。この年の三月に、海軍兵学校を卒業したばかり。回天に乗るのは初めてだった。

大津島の訓練基地を出発し、徳山湾内の目標の島まで片道五千メートルを往復する。事前に決められた直線の航路を、正確にたどる航法の訓練である。

時折浮上し、周囲の地形などを特眼鏡（注：回天の潜望鏡）で確認しつつ、海図と操舵機の針だけを頼りに、回天を進める。潜水すれば当然、あたりの状況は目視できない。計器をにらみ、速力を計算に入れ、航路を頭の中で海図に描いて操縦するしかなかった。

「真っ暗な夜道を、小さな懐中電灯一つで自転車を走らせるようなものだ」

訓練に参加した搭乗員たちは、こうささやきあった。だが、戦局が逼迫（ひっぱく）する中、大きな声で文句は言えなかったという。

防波堤に激突したり、海底に突っ込んだりすれば命を落としかねない。実戦を想定した、まさに命がけの訓練だった。

この日、徳山湾内は荒れていた。深く潜ってしまえば気にはならないが、海面に近いと、波にあおられる。回天の船尾を波に持ち上げられ、バランスを崩した。

悪いことも重なった。国田さんが乗っていた回天は、たまたま、舵に不具合を抱えていた。船尾が持ち上げられ、つんのめるような格好になってしまった状態を立て直そうと、国田さんは船首を少し上に向けた。

舵が急に効きすぎたのか、今度は海面に飛び出てしまいそうになった。実戦だったら発見され、攻撃を受けかねない。国田さんは焦った。慌てて潜水すると、再び下を向いて急激に潜り始める。

海中で、浮上と潜航をジグザグに繰り返した。回天がコントロールを失ったときの、典型的な動きだった。搭乗員たちには「海豚（いるか）運動」と呼ばれ、恐れられていた。

「これは死ぬかもしれないな」

国田さんの頭に、「死」が浮かんだ。戦死ならまだよかった。あくまで、「殉職」である。

何度かジグザグに上下運動を繰り返した後だった。深度に気を取られるあまり、予定の航路を大幅に外れていることに気が付いた。

回天の操縦は、人力も可能ではあったが、基本的にオートパイロット（自動操舵）である。

針路をジャイロに設定すれば、電動でその向きに回頭し、直進する。

ところが舵に不具合があると、入力した通りの針路に進まない。国田さんの乗っていた回天は、操縦席のジャイロに比べ、実際の舵の効きがわずかに右に傾いていた。わずかな傾きは、数千メートルも走れば全く見当違いの場所に行きついてしまう。国田さんは場所を確認しようと、特眼鏡をあげた。

すぐ目の前に山が見えた。陸に近づきすぎていた。

「岸に激突する……」

背筋が凍った。この日、何度目かの死を覚悟した瞬間、回天は頭から海底に突っ込んだ。

「ザザザザー」という音が響いた。

同時に足を踏ん張ったが、ガクンという衝撃とともに、操縦席の計器盤に頭を強く打ち付けた。視界が真っ赤に染まった。

「どこかで発火したか？」

一瞬焦ったが、頭から流れ出た血が目に入り、赤く見えただけだった。計器盤に頭をぶつけたため、額から出血していたのだ。不思議と、痛みは感じなかった。

幸い、海底には厚い泥が堆積していた。海底に激突すれば、信管が作動して爆発するか、仮に爆発しなくても、衝撃でどこかが破壊され、浸水して沈む。泥が「クッション」になったおかげで、最悪の事態は避けられた。目につく範囲で、回天に損傷も、浸水もなかった。
だが、喜んではいられなかった。泥にはまり、回天は身動きが取れなくなっていた。魚雷を改造した特攻兵器である回天に、後進機能はない。前に進めない以上、海底から抜け出す術はなかった。

「結局、どちらでも死ぬことに変わりないじゃないか」。国田さんは思った。酸素がだんだんとなくなり、息苦しさにあえいで死ぬより、一瞬で意識を失ったほうがはるかに苦痛は少なかったかもしれない。

それでも、助かる可能性はゼロではなかった。

「追従艇」といって、訓練中の回天を後ろから追いかける小さなボートがある。海面に浮き出る回天のかすかな航跡を頼りに、どんな航路を描いたかを記録する。搭乗員が回天を操った航路が、事前に予定していた航路と実際にはどれほどずれていたのか。訓練後に評価するためだ。

国田さんは回天のコントロールを失った。激しい上下運動に陥り、予定の航路を大きく外れた末に海底に突っ込んでいる。追従艇は、見失っている可能性が高かった。

だが、途中まででもたどれていれば、どの範囲に沈んでいるのかおおよその検討はつくはずだ。今ごろ、追従艇に乗り込んだ仲間たちが探してくれているに違いなかった。

自分の位置を知らせるため、国田さんは操舵用の空気を五分ごとに回天から排出した。海面にボコボコと浮きあがる気泡が、国田さんの回天が沈んでいる場所を示す合図になる。
この作業の傍ら、国田さんは事故の報告書と、遺書を書こうと思い立った。
頭に浮かんだのは、回天を考案した海軍の青年士官の一人、黒木博司大尉だ。

事故の経過や原因を書き記す

昭和十九年九月六日だった。波の高い悪天候の中、黒木大尉は大津島沖で回天の訓練を強行した。指揮官が中止を決断したのに対し、黒木大尉は「天候が悪いからと言って敵は待ってくれない」と訓練を懇願し、実施されたという。

午後五時四十分、逆風をついて発進した黒木大尉は、そのまま行方不明になった。黒木大尉の回天を追う追従艇すら、うねりに翻弄され浸水したほどだった。あたりが暗くなっても徹夜で捜索が行われたが、その日は発見できなかった。

翌日、空が白み始めると同時に、再び捜索が始まった。午前九時、捜索隊は水深十五メートルの海底で、黒木大尉の回天を発見した。三分の一ほど泥が被った状態で、海底に突き刺さっていた。国田さんと、ほぼ同じ状況である。

回天の中では、黒木大尉がうずくまるように倒れていた。急いで海面に引き上げられたが、すでに死亡していた。その後の調査で、回天の中からは、黒木大尉がつづった事故報告ノートが見つかった。事故を起こした直後の状況から、事故への処置、経過、さらにはその後の訓練や実戦に生かすための対策などが、びっしりと書き残されていた。

訓練の開始から十時間後、回天に残された酸素はほとんど尽きていたと想像される。そんな中、黒木大尉は最後にこう記した。

「死せんとす益良男子（ますらおのこ）のかなしみは留（とど）め護らん魂（たま）の空しき」

文字通り、辞世であった。

国田さんには、黒木大尉との面識はない。とはいえ、遺書は部隊内で大きな話題になっていた。

死の直前まで回天のこと、そしてこの国の行く末を考え続けた黒木大尉の姿に、国田さんは素直に感銘を受けていた。全く同じ境遇に置かれれば、意識するなと言うほうが無理だった。

何も、英雄視されたかったわけではない。事故原因を究明し、後に続く仲間には無駄な死を避けてほしい――。そのために、何があったのかを正確に残しておく必要があると思った。いつも身に着けている小さな手帳を取り出した。できるだけ、細かく、細かく……。

「〇七三〇　発進用意終了　深度〇・七メートル　深度計ニ誤差アリ　処置如何」

回天に乗り込み、訓練を始める場面から書き始めた。少し気になったことでも、書き留めた。

わずかな不具合や、国田さん自身でも気が付いていない操縦のミス。こうした事故を二度と起こさないための対策に、何が役立つかわからない。

「〇七四五　露頂（注：特眼鏡を海面に上げて周囲を観察すること）観測　針路修正　取舵ニ偏リアリタルタメ　〇七五〇　左舷ニ『カチカチ』音ヲ聞ク　如何ナル音ナリヤ」

「〇八〇〇　波浪ノ為動揺大　海豚運動ヲ始ム　応急ブロー（注：浮上すること）キカザル時ハ如何ニセバ可ナランヤ」

「〇八一五　予定通リ変針（予定航路ニノリアルヤ不明ナリ　変針要領ヲ変換スルヲ要スベシ）」

「〇八二〇　縦舵機三〇度右ニ偏ル　浮上セント調深調圧ヲ整フ　特眼鏡ヲ上グ　陸岸ナラント思ヒ両足ヲ踏張リタル時衝撃アリ　座礁ス」

訓練の開始、発進から、海底に突っ込むまで、把握できた限りのことを並べた。その上で、国田さんは事故原因を考えた。

「座礁原因

一縦舵機故障

二浮上ノ際波浪ニ揺ラレ特ニ潜入時縦舵機ニ不注意ナリシ故」

小さな電灯が一つついているだけの薄暗い操縦席で、必死にペンを動かした。何時間かけて書いたのか、全くわからなかった。

事故の経過や原因を一通り書き終えると、残された仲間に「大切な兵器を沈めて大変、申し訳ない。自分の死を乗り越え、訓練をたゆまず重ねて必ず敵艦を葬り去ってほしい」と書き残した。格好をつけたつもりはなかった。あと二カ月で十九歳になる、それが国田さんの本心だった。

「これで、少しは皆の役に立てるだろう。恥ずかしい死に方だけはしないで済んだ」

少しだけ、安心した。書いたことで、逆に落ち着けたのかもしれない。

回天の操縦席には、非常用として乾パンと、サントリーウイスキーの角瓶が備えてあった。昭和十九年の黒木大尉の殉職は、海底に突入後、捜索に時間がかかったことによる酸素欠乏が死因だった。

密閉された回天の中で、人間はどの程度生存でき、食料品などは何が必要なのか。事故が起きた後、回天を使って実際に実験が行われた。その結果、十時間程度命をつなげるだけの酸素はあるものの、搭乗員は激しい寒さに襲われることが分かった。寒さをやわらげるため、実験以降、万一の事故に備えて、回天の中には非常用としてウイスキーの角瓶も置かれるようになっていた。

国田さんは乾パンを取り出し、ポリポリとかじった。何かを口に運ぶと、それだけでまた少し落ち着けた。

小さな操縦席にじっと座っていると、不安が頭をもたげてくる。死は覚悟していたはずだが、それでも怖かった。酸素が薄くなるにつれ、かび臭いような、鉄の異臭が余計に鼻をつおいた。

だんだんと、胸が苦しくなってきた。不安や息苦しさを紛らわせようと、大事に残しておいたサントリーウイスキーの封を切った。

「これが、文字通り末期の酒になるのか」

そんなことを思いながら、瓶のふたに注いで飲み干そうとした瞬間だった。「カンカンカンカン」と、金属音が響いた。

外から、ハンマーでたたく音だった。国田さんの回天を捜索していた仲間たちが、ようやく見つけたのだ。

「何か音を返さないと、死んでしまったと誤解される」

国田さんは、ウイスキーを後回しにした。腰に差していたハンマーで、中から力強くカンカンカンと打ち返した。何とか、探し出してくれた——。そう思うと、ハンマーを持つ手にひときわ力が入った。国田さんのハンマーに合わせるように、外からのハンマー音も一段と激しくなった。

クレーンで海底から引き上げる作業を始めたのだろう。しばらくすると、「ガーガーガー」と、回天に何かをこするような音がした。

国田さんは、ワイヤーを巻き付ける音に違いないと思った。もう少しで、この息苦しさから解放される。引き上げ作業の間、待ち遠しくて仕方なかった。

朝の七時半に回天に乗り込み、すでに十時間近くが過ぎていた。助けが来るまでの時間よりも、見つかってから引き上げられるまでの時間の方が長く感じた。もちろん、実際にはそんなことはないのだが、何とも不思議だった。

やがて、ぐらぐらと回天が揺れ始めた。浮かび上がっていく感覚がした。クレーンでの引き上げが始まったのだ。海面に浮上すると、外からハッチを開けてもらった。自分で開ける力は、もう残っていなかった。

太陽は没しかけていたのに、外の明るさがまぶしくて仕方がない。目を細めた。

酸素が尽きかけ、文字通り「息絶え絶え」だった。新鮮な酸素を欲する体で、思い切り深呼吸した。生まれて初めて、ただの空気を甘いと感じた。

司令部に帰還を報告した後、仲間が肩を貸してくれたことまで覚えている。気が付いたら、白い病室に寝かされていた。酸素欠乏症ではあったが、幸い後遺症はなかった。すぐに退院できたという。

「志あるものは海兵に来たれ！」

特攻の道に進んだのは、「運命」としかいいようがない。

国田さんは大正十五年六月、愛媛県西条町（現在の西条市）に生まれた。愛媛県立西条中学校（旧制中学）に進学し、医師を目指していた。母親は病気がちで体が弱かったから、大勢の病人を治したいと考えたのだ。

転機は昭和十六年夏、国田さんが三年生の夏に訪れた。まだ、日米が戦端を開く前だ。西条中学校から海軍兵学校（海兵）に進んだOBが、学校にやって来た。後に、神風特別攻撃隊の「第一号」となる関行男大尉（戦死後、中佐に昇進）である。

関大尉は昭和十九年十月、レイテ沖海戦で初の神風特攻隊を指揮した。爆弾を搭載した零戦で米空母に突っ込み、戦死している。とはいえ、それは三年後の話である。

西条中学校を訪れた昭和十六年当時、関大尉は卒業直前とはいえ、まだ海兵の生徒だった。海兵への入学は、東京大学に入るよりも難しいといわれていた。地元から合格者が出れば、それこそ郷里の誇り、英雄扱いだった。帰省すると、出身中学校にいわば「凱旋」し、講演などをするケースも多かったのである。

国田さんたち在校生が講堂に集まっていると、関大尉は真っ白の制服に身を包み、腰に短剣をさして颯爽と現れた。

どんな話をされたか、国田さんは細かく覚えていない。海軍軍人の素晴らしさや海兵での教育内容など、勧誘するような内容だったと思う。ただ、講演を締めくくる最後の一言だけは、鮮明に記憶に残っている。

「志あるものは海兵に来たれ！」

呼びかける姿が、たまらなく格好良かった。十代の少年が進路を変えるのには、十分すぎるほどだった。

そこからは、海兵目指して猛勉強した。二学年上に、海兵に合格し入学を控えていた先輩がいた。暇があれば押しかけ、試験の傾向や対策を尋ねた。

努力が実り、昭和十七年十一月、待ちに待った合格の電報が届いた。翌十二月に入学した。戦局の悪化に伴い、海兵は合格者を増やしていた。西条中学校からは、同じ試験で五人が受かった。ただし、国田さん以外の四人は、全員五年生だった。四年生で合格したのは、国田さんだけ。本来五年制の中学校を、四年次終了時点で「準卒」することになった。同期よりも一足早く海兵に入れるのは、やはり、誇らしかった。

海兵では、航海術や砲術、語学といった座学から、短艇や登山まで厳しい訓練に明け暮れた。校内で、公に話題にできたわけではない。ただ、戦況の逼迫は、時折学校に立ち寄るOBの士官たちから、漏れ聞こえていた。

昭和二十年三月、海兵卒業直前の職域希望調査で、回天を選んだ。前の年、昭和十九年十月に関行男大尉がフィリピン沖で米空母に突っ込んだ。新聞やラジオでは、「軍神」と持ち上げられていた。

「関さんは、やっぱり私にとっては憧れの先輩でした。関さんのようになりたくて、海軍のです」

兵学校を選んだ。その先輩が特攻で死んだのですから、同じ道を選ぶのは当然だと思った

国田さんは今、こう振り返る。

何も、死に急いだつもりはなかった。いくつかある特攻兵器の中から回天という選択をしたのには、冷静な分析があった。現代の感覚からすれば、自身の命に関してあまりに「冷徹」ともいえる。

「飛行機の搭乗員、これの養成には時間がかかります。一人前になるのは年単位とも。でも回天ならば、訓練期間が三カ月もあれば出撃できると聞いていました。それなら、パイロットになるより回天の搭乗員だろうと。ただただ、早く出撃したかったのです」

希望通り、海兵卒業後は山口県・大津島の回天部隊に配属された。正確には、「第二特攻戦隊光突撃隊大津島分遣隊」である。

大津島には、予科練（飛行予科練習生）出身の少年たちも大勢いた。予科練とはもともと、飛行機の搭乗員を養成する制度で、主に十代後半の少年たちが応募した。戦争末期になると、乗る飛行機もなくなり、回天などの特攻部隊に回されていた。

一人息子や長男など、皆、さまざまな事情を抱えていた。

予科練出身者は、海軍の制度上あくまで下士官である。海兵出身である国田さんは、訓練

を積んだ上で、指揮官として彼らを率いる立場にならなければならない。

とはいえ、国田さん自身、昭和二十年で弱冠十九歳である。中学校を四年次終了時点で海兵に入ったため、ほかの海兵同期より年下でもあった。予科練出身者と大して年齢も違わないし、むしろ、部下の方が年上であるケースも少なくなかった。

「自分は自ら特攻を選び、指揮官として死を覚悟したのだから構わない。でも彼らには、死をどう受け入れてもらえばいいのか、納得してもらえばいいのか」

悩みが深まった。

海兵七十三期、一期上の先輩に相談すると「深く考えなくてよろしい。簡単なことだ、先任順でいいのだ。皆、最後には死ぬ。順番に行くだけなのだ」と言われた。少しだけ、気が楽になった。

「順番」待ちのつもりで、訓練を続けた。先輩や仲間が潜水艦に乗って出撃するたび、帽子を振って見送った。いつか、自分の番が来るから――。心の中で、自分自身を必死に説得した。そうして、後ろめたさを覆い隠した。

昭和二十年八月十五日。「順番」が来る前に、終戦を迎えた。

「このまま、自分だけ生きていて良いのだろうか」

自決が頭をよぎった。

松尾少尉との別れ

終戦から九日後の八月二十四日深夜。回天搭乗員の除隊、復員前夜に、事件は起きた。大分県大神村（現在の日出町）にあった回天部隊「大神突撃隊」の練兵場で、松尾秀輔少尉が自決したのだ。国旗掲揚台の下で、自らの胸に手榴弾を押し当てて爆発させていた。

松尾少尉は、国田さんと同期の海兵七十四期であった。日ごろから予科練出身の下士官らに格別の愛情を寄せていたという。自決に際し、「宛下士官搭乗員」と題して、彼らに向けた遺書を残している。

「絶対漫然トセル休暇気分ニテ帰郷セザルコト。敗戦ハ俺達軍人ノ責任タルニ思ヒヲ致シ、ソノ責任ヲ負フベシ。図太ク明朗ニ。時局ハ貴様達ノ想像以上ニ変化スレドモ、常ニ明朗ニ頑張レ。仲良ク互ヒニ連絡ヲ密ニシテ、今ノ気持ヲ忘レザルコト」

部下たちの行く末を心配する、深い愛情が読み取れる。

自決の直前、松尾少尉は、八月十四日の空襲で大きな被害を受けた光海軍工廠（山口県光市）の後片付けに来ていた。その際、米軍の本土上陸に備えて集積していた手榴弾を持ち帰っている。それを使い、自決したのだ。

光海軍工廠の後片付けには、国田さんも駆り出されていた。その時、同期である松尾少尉と久々に顔を合わせ、再会を喜んだばかりだったのである。

だが、最後に別れたときのやりとりが、国田さんを後々まで苦しめることになった。

「員数外の手榴弾を一発、もらっていくぞ？」

松尾少尉は国田さんにこう声をかけ、手榴弾をしまっていた。この時、何と答えたのか。国田さんは覚えていない。松尾少尉の自決の一報を聞いた時、手榴弾を持ち帰る場面だけが、なぜか鮮明に思い出されたのだという。

何を言っても変わらなかったのかもしれない。変えられなかったかもしれない。それでも、ただ一言「やめておけ、そんなもの、戻しておけよ」と、なぜ言えなかったのか。今でも後悔している。

松尾少尉が自決に走った気持ちは、国田さんにはよく理解できる。だから、なおさらなのだ。

「もう少し想像力があれば、手榴弾を自決用と察することもできたのではないか」。

悔やんでも、悔やみきれなかった。

国田さんは言う。

「私よりよっぽど真面目な男だったから、いろいろなことを突き詰めて考えてしまったのでしょうね」

若手士官の連鎖的な自決を警戒したに違いない。松尾少尉の自決後、部隊の司令官が「私も死なない。皆、生きてこれからの国のために尽くせ」と涙声で訓示した。

国田さんも、涙を流した。


あれから、七十五年以上が過ぎた。

国田さんには今でも、何となく後ろめたい気持ちがある。

戦後、海軍での経験を買われて、瀬戸内海で機雷掃海の作業に従事した。瀬戸内海には、戦時中に米軍が敷設した機雷が大量に残っていた。船舶が安全に航行できるようにする重要な任務だった。

復員省事務官の肩書だったが、実際には掃海艇に乗り込み、二年間にわたって掃海作業に当たった。命がけの任務に没頭した。

その後は大学に入り直し、重工業メーカーに就職した。横浜ベイブリッジや瀬戸大橋など、戦後日本の重要な社会インフラを築いた。脇目もふらず、仕事に邁進した。

これまで、振り返る余裕はなかったし、あえて、振り返らなかったのかもしれない。

それでも、海軍兵学校七十四期、回天の元搭乗員という過去はついて回った。悪く言えばしがらみ、良く言えばお世話になった先輩や仲間と、完全な訣別はできなかった。海兵七十四期の同期会や、全国回天会には所属し続けた。

ただ、積極的には関わってこなかった。全国回天会の会報「まるろくだより」をはじめ、同期会の会報やその他の冊子にたびたび原稿を依頼されたが、ほとんど断ってきた。ずっと、負い目が抜けなかったからだ。

その代わり、絵を描いた。取材の最後、私は横浜市の自宅でその絵を見せてもらった。回天そのものや、大津島にある周南市回天記念館の建物。大津島の風景を描いた絵もあった。壁にはもう、かけるスペースがなくなっていた。立てかけただけの絵や、そもそも額に入っていないものもあった。部屋の中には、足の踏み場もないくらい何枚も、何枚も。

「つたない絵ですが、どんな形であれ、きちんと形に残しておきたくてね。やっぱり、忘れてほしくないですから」

忘れない追悼の思い

山口県周南市で酒造会社を営む原田茂さんは、妻の叔父が潜水艦の艦長として回天とともに戦死している。伊号第三十七潜水艦の艦長、神本信雄中佐である。昭和十九年十一月、回天の初陣である「菊水隊」の一員として、回天四基を搭載してパラオ諸島のコッソル水道に向かった。

伊号第三十七潜水艦は大津島を出撃後、一切の連絡をたって沈没した。そのため、詳細な最期は明らかではない。米軍の記録によれば、パラオ諸島の北方海域で米駆逐艦の爆雷攻撃を受けて撃沈された。

その際、通常の爆雷攻撃ではあり得ないほどの巨大な海中爆発が起きたという。爆発が収まると、海面には潜水艦の遺留物が細かな断片で浮かび上がった。米軍は、潜水艦内部での自爆の可能性もあると推定した。

これは、回天の「初陣」である。神本中佐は、回天の秘匿を最優先に考えたに違いない。爆雷攻撃によって行動不能になるなど万策尽きた末、回天が敵の手に落ちるのを避けるため神本中佐は自爆を選んだのかもしれない。

伊号第三十七潜水艦のように、回天作戦に参加して沈没した潜水艦は八隻。犠牲になった乗組員は八百十一人に上る。彼らもまた、搭乗員と同じように回天作戦の戦死者である。

昭和十三年生まれの原田さんは、終戦時わずか七歳だった。生前の神本中佐との面識は当然ないが、今でも墓参りは欠かさない。

そんな原田さんには、もう一つの顔がある。回天顕彰会の会長だ。原田さんの兄、耕作さんは海軍兵学校七十五期で、海兵在学中に終戦を迎えた。回天で命を散らした先輩たちを、目の前で見送っている。戦後、回天顕彰会に所属して熱心に活動し、会長も務めた。

耕作さんに影響され、原田さんも昭和四十年代から回天顕彰会の活動に携わるようになった。耕作さんは十年近く前に亡くなったが、原田さんが後を継ぐように会長となり、今に至る。

毎年十一月、大津島で執り行う追悼式典はもちろん、回天を今に伝えるさまざまな事業に取り組んでいる。

その一つが、かつての敵、米国との交流である。回天によって撃沈された米軍の給油艦「ミシシネワ」の元乗組員の家族と親交を深め、大津島での追悼式典にも招いた。

実業家で歴史家でもあるマイケル・メアさんは、父のジョン・メアさんがミシシネワに乗艦していた。回天の攻撃を受けた直後、ジョンさんは海に飛び込んで生還したという。

戦後、ジョンさんは回天のことを調べてほしいと家族に言い残して亡くなったため、マイケルさんが調査を始めた。ミシシネワの生存者へのインタビューなどを通じて、回天の攻撃を受けた米国側の動向を『ＫＡＩＴＥＮ』という本にまとめた。平成二十九年には、原田さんらの尽力で日本語版を出版した。

原田さんは、令和三年で八十三歳となる。年齢に抗うような行動の背景にあるのは、拭い難い危機感だ。焦りと言い換えてもいいかもしれない。

「毎年、追悼式典を開催していると、よく分かるのです。最初は回天の元搭乗員が大勢集まりました。だんだん少なくなり、次に子供世代の遺族が来るようになった。ところが、この世代も年を重ね、『もう今年が最後かな』と言って体調面などで来られなくなる。孫やひ孫の世代だとなかなか……。何もしなかったら、回天やその搭乗員の思いは、間違いなく風化してしまうのです」

原田さんに、「十八歳の回天特攻隊員の遺書」についてどう思うか、尋ねてみた。原田さん自身、今回の創作遺書の存在は知らなかったそうだ。

遺書が創作されていたと私から聞かされた後、原田さんは大きなため息をついた。しばらく黙り込み、何事か考えこんでいるようだった。

そして、意を決したように口を開くと、一息に話し出した。

「回天顕彰会の活動に携わって、もう半世紀になります。回天の元搭乗員や戦死者の遺族。本当にいろいろな人がいました。言うことも考え方もバラバラで。でも誰もが、追悼の思いだけは決して忘れていなかった。私も含めてね。なぜ遺書を創作したのか、正確な理由はきっと分からないままでしょう。でも、そこには多少なりとも追悼の気持ちがあったような気がします。そして、追悼の思いを抱く別の誰かがいたからこそ、修正されていったのでしょう。人を信じすぎなのかもしれませんが、誰かの追悼の思いがある限り、今後もそれは変わらないと思います」

原田さんは今、大津島の対岸の山口県周南市内に、新たな記念館の開設を考えている。大津島の回天記念館のスペースでは展示しきれない遺品がまだたくさんあるし、マイケル・メアさんから米国側の資料も預かっているからだ。

「年を召された方が船で大津島まで渡るのは大変でしょう。本土側なら大勢の人が気軽に行きやすいかなと思いまして。何とか、見た人の心に残るような展示にできればと考えています。決して長くはありませんが、私の残りの生涯、回天の風化に抗うことに費やすつもりでいます」

原田さんはこう言い切ると、笑顔を見せた。その表情は、覚悟を決めたようにも、どこか吹っ切れたようにも見えた。

大森貴弘（おおもり　たかひろ）

昭和５９年９月、横浜市生まれ。法政大学法学部を卒業後、平成１９年４月に産経新聞社入社。和歌山支局、九州総局、大阪本社社会部などを経て、令和２年１月から東京本社社会部。

著書に『「脱原発」が地方を滅ぼす』（産経新聞出版、共著）などがある。

特攻回天「遺書」の謎を追う

令和三年八月十二日　第一刷発行

著　者　大森　貴弘
発行人　荒岩　宏奨
発　行　展　転　社

〒101-0051　東京都千代田区神田神保町2-46-402
TEL　〇三（五三一四）九四七〇
FAX　〇三（五三一四）九四八〇
振替〇〇一四〇―六―七九九九二
印刷製本　中央精版印刷

定価［本体＋税］はカバーに表示してあります。
ISBN978-4-88656-526-6